Mi Dios Griego

©Guadalupe Vera Galiano, 2016

ISBN: 978 – 84 – 608 – 2532 - 6

Depósito Legal: AL 1222 - 2015

2ª Edición

Esta novela va dedicada a todas aquellas personas
que les gusta dejar una parte de su tiempo para leer
este tipo de novelas, que como a mí, les apasionan.

A los dos hombres de mi vida, y sobre todo, a todas
las féminas de mi familia, incluidas mis dos Diosas:

(Carla y Virginia)

Reencuentro

—¡Gaby! ¡Qué alegría volver a verte! —grita, Patricia entusiasmada, abrazándome y dándome besos—. Creía que llegarías por la noche.

—¡Quería sorprenderte! —dije con una gran sonrisa y dedicándole un guiño.

Somos amigas desde que éramos muy pequeñas, habíamos ido juntas al colegio, al instituto y a la misma universidad. Incluso habíamos estudiado la misma carrera. Somos abogadas.

Crecimos un pequeño pueblo de Almería, Vera. Nuestros padres estuvieron ahorrando toda la vida para que pudiésemos ir a una buena universidad y estudiar lo que queríamos.

—Bueno y dime, ¿cómo te ha ido todo por Almería? —se interesó Patricia.

Ella vivía en Madrid desde que encontró trabajo hace más de un año, por ese motivo tuvo que trasladarse a aquella ciudad que se componía de gente caminando con prisa por todas partes y coches en grandes atascos y pitando a todas horas.

—Bien, supongo. Todo como siempre. Ya sabes... mi madre... cada vez lleva mejor el divorcio, y mi abuela... la echo tanto de menos... —Mi abuela había muerto hace tan solo ocho meses, me parece que fue ayer... la quiero tanto...

—También era una abuela para mí...

Patry, no tenía abuelos, ni paternos, ni maternos, puesto que sus padres la adoptaron cuando ellos tenían cuarenta y dos años y ella tan solo dos. Sus abuelos murieron muy jóvenes.

Patricia, es una mujer con un cuerpo de supermodelo, rubia y con una media melena que le llega por debajo de la oreja. De una belleza exquisita. Es de aquellas que cada vez que entra a algún local o pasea, todos se giran a mirarla. Todo lo contrario a mí: morena, con el cabello rizado y largo hasta media espalda, con una talla cuarenta de pantalón y una talla cien de pecho… es decir, todo curvas.

Me he mudado a Madrid con Patry, ella trabaja desde hace poco más de un año como abogada júnior del bufete más importante de España. Incluso tiene otros bufetes en otros países del mundo. Había una plaza libre de abogada júnior y ¡*tachan*! Aquí estoy, para una entrevista de trabajo que tengo mañana a las once de la mañana en «*RODRÍGUEZ ABOGADOS*», el bufete del que os hablaba.

Nos pusimos al día de todo este tiempo que he pasado junto con mi madre en Almería, a mi padre hace bastante que no lo veo, exactamente tres años. El tiempo que hace que se separaron, el tiempo que hace que nos abandonó y engañó. Incluso tengo un hermano de doce años al que no quiero conocer.

Hablo con Patry prácticamente a diario, no es lo mismo que estar juntas de verdad. El tiempo vuela. Sin darnos cuenta se nos han pasado las horas y son las diez de la noche.

Ya he terminado de instalarme y pedimos comida china para cenar. El momento que tanto temía ha lle-

9

gado, he estado evitando esta conversación desde hace unas semanas, exactamente seis.

—Bueno y ahora, cuéntame. ¿Has vuelto a ver a Roberto? —pregunta mi amiga seria y comprensiva a la vez, con esos ojos azules tan bonitos, penetrándome hasta el alma.

—No —digo secamente sin querer dar más explicaciones.

Roberto es mi ex, hemos estado saliendo desde la universidad, desde que tenía dieciocho años. Ha sido el primer novio que tuve. Nuestra relación no terminó de la mejor forma. Él había empezado a ser celoso compulsivo y muy agresivo, y yo no podía soportarlo más.

Seguía llamándome, pidiéndome perdón. La excusa que siempre daba era que estaba muy nervioso por no encontrar un trabajo y por eso estaba de mal humor siempre. Sin embargo, le perdoné todo lo que me había dicho y hecho, pero jamás volví a verle. Acabé cambiando mi número de teléfono.

—Venga, Gaby. Sabes que puedes confiar en mí, somos amigas desde que éramos unas mocosas —dice

Patry cogiendo mi mano y palpando un mechón de mi pelo con la otra.

—Patry, de verdad que no, no lo he vuelto a ver, perdonarlo no significa que haya continuado viéndome con él —digo levantándome y llevando el plato al lavavajillas.

El piso no es tan grande como me lo imaginaba, pero aún así, es precioso. El suelo es de tarima gris brillante. Las paredes son blancas, pero hacen un bonito contraste con el sofá de poli piel negra y los muebles de Ikea en blanco y negro brillo. El salón es salón-comedor-cocina; un espacio abierto, muy bonito y así parece mucho más grande. La cocina al igual que el resto del piso, es en blanca, con un mármol precioso de color negro y una barra formando una isla con banquetas negras alrededor de esta. Allí apoyada, respiro hondo y me giro con una sonrisa fingida. La peor sonrisa simulada hasta la fecha.

—Dime, Patry. ¿Cómo es el bufete donde trabajas?

—Es muy lujoso y allí todo el mundo va vestido de marca, nuestro sueldo es bastante alto —contesta casi en un susurro inaudible, con la mirada clavada en el suelo y un gesto amargo cruzándole la cara.

—¿Pasa algo, Patry? —Preocupada por su reacción, le sujeto la mano, viendo que no me contesta sigo preguntando—. ¿No te tratan bien? Si es así, no pienso ir a hacer la entrevista... —Ruborizada, clava sus ojos en mí.

—No, no es eso... es que... no sé cómo decírtelo.

—Patry me estás preocupando, ¡Venga! ¡Suéltalo ya!

—Es que... me gusta mucho un chico del bufete, y claro, como es amigo del jefe, pues... no sé... yo también creo que le gusto, me ha pedido varias veces que salga a tomarme una copa con él, pero por el simple hecho de ser uno de los mejores amigos del jefe, no me atrevo a salir con él.

—¿Cómo es? —pregunto interesándome por esta maravillosa novedad que mi amiga me confiesa.

—Moreno, alto, ojos marrones y... un cuerpo de portada de revista... —la miro pensativa y con todo el descaro del mundo, me echo a reír.

—¿Qué te hace tanta gracia?

—Que no sé cómo le das tantas vueltas a la cabeza, Patry. Si no te conociese, diría que te has quedado pillada, y lo suficiente como para sonrojarte cuando hablas de él—. Me mira con cara de cordero degollado y suspira algo fuerte.

Entonces, es cuando me doy cuenta de que mi mejor amiga está realmente enamorada de ese hombre.

—Me dejas sorprendida, Patry. Nunca te había visto suspirar así por un tío, tú siempre me has insistido con que no me involucre en una relación pudiendo disfrutar solo del sexo, de unos buenos polvos sin compromiso —Se va hacia el sofá y se deja caer de golpe con los brazos extendidos y la cabeza hacia atrás.

—Gaby, ese es el problema; todavía no he tenido sexo con él, ni siquiera un beso, estoy durante todo el día pensando cómo sería un buen momento íntimo con él…

—No hay problema, Patry. Si comienzo a trabajar allí contigo, en cuanto lo conozca, lo invitamos a tomar unas copas y ya se verá.

—Sí, sí, invitamos también a su hermano y al primo del jefe, son inseparables. Llamamos a Lucía, y nos vamos a una de esas discotecas de diseño que hay.

—Está bien, pero todavía no me has dicho como se llama.

—¿Quién? ¿El hermano o el primo? —Río a carcajadas, la miro y sostengo mi cuerpo recto con una risa burlona en la cara.

—No me has dicho el nombre de ninguno de los tres de los que me has hablado, ni siquiera de ese moreno con ojos marrones que te tiene flotando en el espacio.

—¡Ah!, él se llama Luis, el hermano es Pedro y el primo del jefe se llama Héctor.

—¿Quién es Lucía?

—Es una amiga que trabaja en el bufete, te va a encantar. Es muy alegre, ya verás que bien te vas a llevar con ella.

—¿Es guapa?

—Bueno, no es muy guapa… —Permanece pensativa y después continúa—. Pero es muy atractiva,

pelirroja, ojos verdes y una noventa de pecho. ¡Ah, se
me olvidaba darte algo!

Salta del sofá cuan resorte y veo como se dirige a
su habitación. La escucho cuchichear algo que no
logro entender y a los pocos segundos, la veo aparecer con tres perchas. En ellas tres trajes preciosos:
uno gris pizarra, otro en negro y este último y más
bonito de todos en un blanco roto precioso. A decir
verdad, maravillosos los tres.

—¡Oh, qué bonitos! ¿Son para mí?

—Pues claro, he ido esta mañana donde los suelo
comprar yo y he escogido estos tres para que puedas
empezar a trabajar. Estoy segura de que te van a quedar como un guante. Son de la cuarenta, si ves que no
te van, me lo dices y los cambiamos —Con una sonrisa de oreja a oreja, me los extiende e irremediable-
mente me fundo en un gran abrazo con ella

—Gracias, gracias. Muchas gracias. Son preciosos.

—No seas tan exagerada… solo son unos trapos
para que vayas a trabajar…

—¿Crees que tengo posibilidad de que me den el
trabajo? —Se tensa, se cierne seria y baja la mirada.

15

Lo que pensaba, sería muy difícil que me den el trabajo. No puedo evitar ponerme algo triste.

—¡Has picado! Pues claro que si, tonta. Eres muy buena abogada, guapa, con cuerpazo, y sobre todo, muy inteligente... Yo sé que no es el trabajo que esperabas, pero algo es algo, ¿No? —Suelto el aire que había retenido por el susto que se me había instalado, me acerco y la miro a los ojos.

—Claro que sí, todo es mejor que estar consumiéndome poco a poco en Almería. Mirando los días pasar y viendo como mi madre sigue haciendo sus locuras pensando que así conseguirá olvidar a mi padre.

—Bueno, venga. Vamos a la cama que mañana hay que trabajar.

Se da la vuelta y antes de entrar en su habitación, se para y se gira. lo justo para mirarnos a la cara.

—Buenas noches, Gaby. Recuerda pasarte por mi oficina una vez que acabes con la entrevista para contarme con pelos y señales como ha ido todo.

—Por supuesto, que descanses.

Una nueva oportunidad

Despierto desorientada. Agarro mi móvil y veo que son las cinco de la madrugada. Hoy tengo que comprar un despertador. Bajo los pies de la cama y permanezco sentada mirando por la ventana.

En Madrid, todo es más estresante, las cinco y ya hay vehículos mire donde mire. Esta ciudad va a ser una locura. Nada mejor que las madrugadas en Almería, donde todo es mucho más tranquilo hasta las seis y media de la mañana, cuando todo el mundo se prepara para ir a trabajar.

Tengo el estómago revuelto, nunca en mi vida había estado tan nerviosa por una entrevista de trabajo. Solo quedan unas horas para saber si voy a formar parte de la plantilla de uno de los bufetes de abogados más importantes de España.

Me incorporo, me coloco una bata y me dirijo al baño. Lo mejor que tiene este piso, es que hay un baño en cada habitación. Eso significa tener más intimidad, más espacio para mis cosas y más de todo. Me recojo el pelo en una coleta y camino despacio hasta la cocina. Quiero preparar el desayuno para agradecerle a mi amiga todo lo que ha hecho por mí: la entrevista, dejar que sea su compañera de piso, los trajes, y esa amistad tan incondicional que nos profesamos mutuamente.

Preparo la cafetera y enciendo el fuego. Me dirijo al frigorífico, lo abro e inmediatamente pongo en mi lista de cosas hacer la compra. Se queda vacío en cuanto saco un par de manzanas y naranjas, y el brik de leche desnatada.

Corto la fruta en trocitos, los coloco en un bol, caliento leche y escucho un golpe a la vez que un «*joder*», ya se ha levantado Patry. Siempre ha sido torpe. La veo salir de su habitación en un culote y una camiseta de tirantes, restregándose los ojos y bostezando. Sonrío, hacía tiempo que no la veía así.

—Buenos días, Patry ¿Por qué te has levantado tan temprano? Hasta las nueve no tienes que estar en el trabajo…

—Sí, es verdad. Pero ya sabes que tardo mucho en arreglarme, ¡Ah! buenos días —Ríe. Permanece embobada mirando el desayuno—. Mmm, que bien huele a café, y todo esto… gracias, Gaby, por este magnífico desayuno —Se sienta en uno de los taburetes de la isla de la cocina y coge la taza de café que tengo en la mano, le da un sorbo largo y entonces pregunta—. ¿Has dormido bien?, te has levantado muy temprano, tú hasta las once no tienes que estar allí.

—Me han despertado los nervios… estoy mucho más nerviosa que aquella vez que fuimos a ver a Marc Anthony y tu amigo el guardaespaldas, nos coló en el camerino.

—No seas tonta, Gaby. Sabes que no tienes por qué estar nerviosa. Yo confío en tu poder de seducción para que te den el puesto de trabajo. Además, si no me equivoco, te va a entrevistar, Héctor, el primo del jefe, y lo vas a dejar con la boca abierta.

19

—Ja, ja, que graciosilla te has levantado esta mañana, la verdad es que no me importaría seducir al primo del jefe para que me dé el puesto. Voy a la ducha, yo también tardo en arreglarme. Además, he pensado que antes de ir a la entrevista, voy a ir a hacer la compra —Mi compañera de piso salta como un resorte de la banqueta en la que permanecía sentada.

—Lo siento Gaby, iba a ir ayer a hacer la compra, pero como llegaste de sorpresa no me dio tiempo, aunque pedí el día libre para tenerlo todo preparado, se me olvidó completamente...

—No te preocupes, Patry. A partir de hoy vamos a compartir todos los gastos, y eso incluye el alquiler del piso, la comida, y todas esas cosas... —Sigo observándola y continúo—. Además, me va a servir para ir conociendo todo esto, mándame la ubicación del trabajo a mi móvil cuando llegues.

—Vale, voy a empezar a arreglarme, porque si no, no me va a dar tiempo. Si quieres que te deje en el supermercado, a las ocho y media te quiero lista.

20

—No hace falta, Patry. Llevaré mi coche, ya me dijiste anoche que no era difícil encontrar aparcamiento por la oficina.

—Está bien —La veo dirigirse a su habitación pensativa y cuando se da la vuelta me dice—: ponte el traje blanco, con esa blusa tan bonita y escotada que tienes en tu armario junto con esos zapatos rojos tan impresionantes... recuerda, allí todo el mundo va vestido muy elegante

—Vale, vale, vete ya a la ducha pesada...

Camino yo también hacia la ducha, una ducha que perdura durante media hora. Salgo del baño con una toalla liada por el pecho y otra en la cabeza. Miro el reloj, las ocho. Saco mi lencería de encaje beis, unas medias transparentes que se ajustan a mi muslo con encaje beis también y termino de vestirme. Hago una trenza francesa en mi pelo, me encantan las trenzas. Me maquillo, me pongo los zapatos rojos con un tacón de vértigo y cojo un bolso a juego con los zapatos. Coloco alrededor de mi cuello una gargantilla que deja caer en mi canalillo una gota de agua con una perla en medio, un poco de perfume *The One de Dolce & Gabbana* (es mi preferido), y salgo al salón.

Patry, al verme, permanece impactada, con la boca abierta, mirándome de arriba abajo.

—Madre mía, Gaby. Que elegante y que guapa, pasas por una abogada más del bufete.

—Gracias, pero ya sabes que un buen traje hace mucho de una buena imagen.

—Ya te dije anoche que te quedaría como un guante, me va a gustar ver como todos y cada uno de los abogados de la oficina se va a girar a mirarte con la boca abierta, hasta luego —contesta medio de broma y ya poniendo rumbo hacia la puerta.

—Hasta luego.

Un suspiro se apodera de mí. Cojo mi bolso y cierro la puerta. Le doy al botón del ascensor, me bajo en recepción y saludo al conserje.

—Buenos días, Federico.

—Pero bueno ¿Y tú quién eres? — Me mira embobado.

—No digas tonterías, Federico. Tampoco es para tanto, tengo hoy la entrevista de trabajo.

—Buena suerte, muchacha. Ay si tuviera treinta años menos…

—Muchas gracias, Federico.

Salgo de recepción con una sonrisa de oreja a oreja, y observo que el conserje todavía continúa mirándome, ¡Que descarado!

No sabía que había un mercadona a solo tres calles de mi nuevo hogar. Patry, está acostumbrada a ir a comprar a Hipercor: el supermercado del Corte Inglés. Continúo unos diez kilómetros más hasta llegar al parking de la gran superficie. Voy a aprovechar que voy al supermercado para comprarme algo más de ropa para ir trabajar, si es que consigo el empleo, en alguna de sus tiendas. Sé que aquí todo es más caro, pero tengo bastantes ahorros de todos los trabajos que tuve en Almería de camarera durante estos tres años. Puedo permitírmelo, además, creo que en el bufete voy a tener un sueldo bastante razonable.

Me subo en el ascensor y cuando subo las dos plantas me dirijo a la tienda donde mi amiga se compra sus trajes. Es espectacular, la de ropa bonita y cara que hay aquí…

—Buenos días, señorita. ¿Puedo ayudarla en algo?

—Buenos días, eh... sí, estoy buscando unos trajes de corte italiano, por favor. —La dependienta sonríe y asiente.

—Acompáñeme, por aquí por favor —Me dirige a un perchero lleno de trajes, de todos los colores, espectacular, es todo tan bonito...

Intento no sorprenderme, si lo hago, van a pensar que no soy digna de uno de estos trajes. Elijo tres vestidos de corte recto, y ceñidos hasta las rodillas. Uno en rojo, uno azul marino y otro en azul turquesa muy bonito. Ese color me favorece, soy muy morena. Los sujeto por la percha a los tres, y me dirijo hacia los probadores.

Abro una de las puertas, sé que me he confundido de probador, pero lo que hay aquí dentro es digno de admirar. La habitación se compone de un sofá, una mesita baja de cristal con una botella de champagne junto a dos copas, y otra habitación. Todo en tonos tierra de diferente intensidad. Una decoración muy bonita. Voy hasta la otra habitación y veo a un hombre deshaciéndose de la camisa. Intuye que hay alguien observándolo y se gira hacia a mí, hasta que su mirada topa con la mía. ¡Madre mía!, moreno, ojos marrones, labios carnosos muy bien perfilados, cejas bien definidas al igual que su nariz... bajo la vista y ¡Oh dios mío! Algo extraño recorre mi cuerpo desde la cabeza a los pies. Que hombre más guapo, guapísimo, todo un dios. El sueño de toda mujer... Embobada y con la boca abierta, no dejo de mirarlo. Hasta que él mismo me saca de ese sueño tan bonito del que no quiero despertar.

—¿Hola? —permanece con una ceja alzada y observándome con los brazos cruzados.

—Pe...perdone se...señor, no sabía que este probador estaba ocupado, lo siento mucho... yo...discúlpeme —Me doy la vuelta hecha toda un manojo de nervios.

¡Dios mío! ¿Pero qué me ha pasado con ese hombre? Salgo corriendo hasta cerrar la puerta tras de mí. Tomo una bocanada de aire bastante grande, lo suficiente para llenar mis pulmones. Se me había olvidado respirar. Corro hasta la caja, pago los trajes con mi tarjeta de crédito sin probármelos siquiera y me voy hacia el coche. Dejo los conjuntos estirados en el asiento de atrás, cierro la puerta de mi mini y me voy a hacer la compra al supermercado.

Entrevista

Llego a casa a las diez de la mañana, y tras colocar todas las cosas que he comprado, la nevera y la despensa, parecen otra cosa, claro, que me he gastado trescientos euros en compra, eso sí, tenemos comida por lo menos para un par de meses.

Voy hacia el baño de mi dormitorio, me retoco el maquillaje, un poco más de perfume y lista, hacia la entrevista de trabajo.

Cojo mi coche, arranco y me pongo el CD de Marc Anthony. Me encanta. Es mi preferido, y mientras tarareo, me dirijo a la dirección que me ha mandado Patry al móvil.

«Qué precio tiene el cielo, que alguien me lo diga...»

Me detengo en un semáforo y miro a mi izquierda porque intuyo que me están observando. Miro hacia un coche negro reluciente ¡No me lo puedo creer! Ahí está él, el moreno, el dios del que me he quedado hechizada en el probador de la tienda, me mira con una sonrisa preciosa. Tiemblo. No puede ser, otra vez me estremezco y una ligera punzada me recorre el vientre. Va en un Mercedes muy elegante. No logro dejar de mirarlo, esa sonrisa sexi, perfecta, con esos dientes de anuncio…

Mi cuerpo comienza a sudar a una velocidad inaudita por culpa de esos malditos nervios. ¡Qué maleducada!, ni siquiera le devuelvo la sonrisa. Me ha dejado en estado de shock. Los coches comienzan a pitar. Él se ha fijado en el estado en el que me encuentro, piso embrague a fondo y dibujo con la palanca de marchas hasta acertar con la primera. Sigo mi camino hasta aparcar justo frente al estupendo bufete de abogados.

Llego al lugar donde me van a hacer la entrevista de trabajo. Es un edificio moderno, con ventanales de cristales. Las oficinas deben tener muy buenas vistas. Cruzo la carretera y me dispongo a entrar.

—Buenos días.

—Buenos días, señorita. ¿Puedo ayudarla? —Una joven rubia, con una sonrisa bonita y un cuerpo de modelo me atiende.

—Sí, vengo a una entrevista de trabajo.

—Su nombre, por favor.

—Gabriela López.

—Tome —Me tiende la acreditación con mi nombre y un código de barras—. Diríjase al ascensor y pase la tarjeta por el lector. El ascensor la llevará directamente a la planta quince, cuando pare, asegúrese de que es esa.

—Gracias —Con una gran sonrisa llena de nervios hago lo que la señorita modelo me ha dicho.

Llego a mi destino y continuo caminando hacia unas puertas de cristal enormes, con una placa donde pone «*Recursos humanos*». Me dirijo al mostrador, allí me atiende una mujer morena con cara de pocos amigos y de estar algo enfadada.

—Buenos días.

—Buenos días, dígame su nombre.

—Gabriela López.

—Siéntese y espere un momento a que la anuncie —dice de mala gana mientras señala desinteresadamente unas sillas de cuero negras.

—Por supuesto.

Voy hacia donde me ha dicho y la observo con detenimiento. A esta mujer, o le hacen la vida imposible aquí, o le hace falta un buen polvo. Una carcajada interna se cruza por mi mente al pensar que a mí también me hace mucha falta una buena dosis de sexo, pero al menos, no soy tan borde y antipática, de eso estoy segura.

—Gabriela López, pase a la oficina de la derecha, ya la están esperando para la entrevista —Asiento agradecida.

Toco la puerta con suavidad y escucho una voz joven de hombre, abro y entro. La cierro tras de mí y camino hasta quedarme delante de este hombre, por no decir muchacho. No creo que tenga más de treinta años.

—Buenos días.

—Buenos días, siéntese por favor. Gabriela ¿verdad? —dice mirando mi currículo.

—Sí —Asiento afirmativamente.

Permanezco en silencio, mirándole. Lo cierto es que no está nada mal, pero que nada mal. Tiene los ojos marrones, rasgados, por lo que parece tener un aire un tanto exótico. La nariz perfilada, al igual que sus labios. Tiene el pelo con un corte de esos de revista de moda *«Gaby, vaya día de dioses llevas»*, me digo a mi misma. Continúo observándole, hasta que el hombre que tengo al frente, se inclina, apoya los codos en la mesa y se dispone a hablar.

—Me llamo, Héctor Rodríguez, y aunque hoy esté haciendo las entrevistas, también soy abogado. Mi oficina está situada en la planta veinticinco. Visto todo esto que me enviaste por email: tu experiencia, tus cartas de presentación, tus estudios y lo bien que me han hablado de ti… —ríe y continúa hablando —: …el puesto es tuyo.

Hoy es mi día de suerte, y todo eso sin decir una palabra, el interrumpe mis pensamientos—. Eso no significa que por eso vas a ser mejor considerada que algún otro compañero, somos muy exigentes. Además, de ser abogado júnior, también tendrás que hacer de secretaria en algunas ocasiones, eso incluyen, reuniones fuera de la oficina, viajes, juicios, etc.

— Esperando una respuesta me dispongo a contestar algo nerviosa.

—Por supuesto, siempre y cuando no abusen de mí

—«*Muy bien Gaby, muy profesional por tu parte*», me digo con ironía, lo observo y veo que sonríe.

—Gabriela, aquí no abusamos de nadie, para eso hay personas que se ocupan de todo lo que tenga que ver con fotocopias, café, etc.

—Ah, de acuerdo —Sin saber que decir me quedo callada y el prosigue.

—Solo me queda puntualizar, que aquí esperamos profesionalidad y respeto, Y sobre todo, buena presencia. Aunque a decir verdad, no creo que eso sea ningún inconveniente —Se pone en pie y le da la vuelta al escritorio.

—Mañana a las nueve la quiero puntual, en esta misma oficina, para firmar su contrato y hablar de las dudas que tenga. Un placer en conocerla, Gabriela —

Me estrecha la mano y me abre la puerta para que salga.

—Igualmente, hasta mañana.

Lo primero que hago nada más terminar, como le prometí a Patry, es llamarla y ponerla al tanto de todo, o al menos, intentarlo, pues vaya día de nervios y de monumentos que llevo. Me ordena en cierto modo que vaya hasta la planta veinticinco y que me acerque a su despacho. Eso hago. Lo primero que veo al salir del ascensor es a mi amiga con una sonrisa de oreja a oreja.

—Me acaba de llamar, Héctor. Lo has dejado alucinado, me ha contado sobre tu belleza sureña, y que te esperes y nos acompañes a comer. ¡Ah, por cierto!, el jefe llega hoy de Nueva York, él también viene a comer con nosotros. Le he hablado tan bien de ti, que está deseando conocerte, y creo que después de la llamada que le habrá hecho su primo, estará deseando conocerte aún más.

—Vale, pero… ¿Aquí todo el mundo parece un supermodelo? ¡Madre mía! como está Héctor, aunque no está tan bien como el dios que me he encontrado en la tienda donde te compras los trajes... ¡Madre mía! qué guapo y que cuerpo... —digo muy entusiasmada. Patry, a la vez, me mira algo confusa.

—A ver, a ver, cuéntame todo despacio, y cuando digo despacio, es que respires entre frase y frase —reímos al unísono—. Y sí, aquí hay abogados muy jóvenes y de portada de revista.

—Estoy deseando conocerlos a todos, me han dado unas ganas terribles de echar un buen polvo.

—Gaby, ten mucho cuidado con quien te lías, y más si es de la oficina. Sería muy incómodo que la cosa no termine bien, tendrás que verlos todos los días.

—Claro que tendré cuidado. Además, eso se me está pegando de ti —Le digo muy divertida, pero parece que espera otra respuesta más—. He ido al supermercado que tanto te gusta, he entrado en el centro comercial, me he dirigido a la tienda donde compras tus trajes, bueno, una de ellas... —Paro un momento para sentarme en su escritorio y prosigo—. He cogido tres trajes y he ido al probador, me he metido en la habitación que hay dentro para probarme la ropa, y ahí estaba él. Moreno, guapo a rabiar, con unos ojos marrones espectaculares, y unos labios carnosos preciosos, dignos de comérselos enteritos —Mi amiga y yo nos miramos y reímos a carcajadas—. Aunque bueno... Héctor, también tiene unos labios para comérselos... tiene que besar como nadie —Sigo hablando, mi amiga sigue riendo y responde—: Claro que sí, aquí están casi todos buenísimos, el mayor aquí tiene unos cuarenta y cinco años... hasta el jefe es joven. Tiene treinta años —Mi amiga sigue hablando con la vista en la pared—. A parte de multimillonario, es uno de los mejores abogados de España, está tremendo. Ya lo verás a la hora del almuerzo.

Continuamos hablando, le cuento todo lo de mi entrevista de trabajo y ella me explica cómo funciona todo aquí. Mi oficina seguramente será la que hay al lado de la suya. Está vacía. Y sigue aclarándome, que un abogado júnior aquí, cobra unos mil ochocientos euros limpios al mes. El mejor trabajo de mi vida.

Tocan a la puerta, mi amiga se acomoda en su escritorio y me dice que me siente en el sillón que tiene en la oficina.

—Adelante.

Entran tres hombres, a cual más guapo. Uno de ellos es Héctor, el que me ha hecho la entrevista. Los otros dos muy morenos, se quedan mirándome con una sonrisa en los labios.

—Vámonos a comer, ya es hora —Héctor con una sonrisa en sus labios me mira mientras habla. Mi amiga se levanta y la imito al instante. Nos presentan.

—Luis, Pedro, esta es mi mejor amiga, Gabriela. Gaby para los amigos, y a partir de mañana, forma parte del bufete como abogado júnior.

—Encantada de conoceros.

—Igualmente —dicen al unísono Luis y Pedro.

Me doy cuenta que ese Luis es el que le gusta a mi amiga, y con mucha razón, es otro dios.

Los cinco, caminamos hasta el restaurante al que vamos a comer, está justo en la paralela al bufete. La verdad es que ya solo por el nombre adivino que el sitio es uno de esos restaurantes modernos. Efectivamente, cuando llegamos, observo todo a mi paso, hay millones de diminutos foquitos de luz iluminando la estancia, manteles en tonos morados y plateados contrastando con el negro de la madera de la mesa y conjuntando a la perfección con el precioso acolchado de las sillas

Una vez nos acomodamos y mientras nos sirven la bebida, consigo darme cuenta de que mi amiga está como distraída mirando a todos los lados, hasta que su mirada se queda fija en la puerta de entrada. Intrigada, dirijo mi mirada hacia donde Patricia está mirando en ese instante y no me puedo creer lo que ven mis ojos. El hombre que ha trastocado toda mi mañana, está ahí. Mi particular dios, y lo que es peor, veo que se dirige hacia nosotros con ese porte tan elegante y a la vez tan varonil. Juraría que en algún momento hasta me quedo con la boca abierta cual adolescente que ve a su ídolo de masas. Patry, se da cuenta, pues antes de que llegue a nosotros, y viendo en el estado casi catatónico en el que me encuentro en estos momentos, se disculpa y me lleva al cuarto de baño.

—Gaby, ¿qué te pasa?, estás pálida —me pregunta preocupada entrando en el aseo de señoras. Me moja las muñecas y la nuca con agua helada. No sé qué decir, no sabía que me lo iba a encontrar aquí.

—Es… es él, Patry, es él.

—¿Quién es?

—Es el hombre del probador. Mi dios. ¡Ay dios mío!, creo que me voy a desmayar —Mi amiga pone los ojos en blanco y sonríe al escucharme.

—Ya te dije que está muy bueno, Gaby. Un consejo, no te vayas a quedar pillada por él, es un folla-modelitos, y si lo haces, te va a hacer mucho daño.

—¿Qué? —Pregunto confundida y ella me responde.

—Gaby, lo que te quiero decir, es que ese hombre que está ahí fuera al que tu llamas mi dios griego, es mi jefe, y por consiguiente, también tu jefe a partir de mañana. Es para quien vas a trabajar, y muchas veces más cerca de lo que te gustaría. Venga, volvamos a la mesa y esperemos que no se haya tomado a mal el pequeño incidente de los probadores —Salimos del baño y después de respirar hondo nos acercamos a nuestra mesa.

Hipnótica coincidencia

Es increíble el efecto que este hombre tiene sobre mí, es salir del baño y verlo de nuevo e inmediatamente la respiración se me entrecorta y permanezco paralizada. Menos mal que la voz de mi amiga me devuelve al mundo real.

—Hola, Javier. Ella es mi amiga, Gaby. Gaby, este es Javier, tu jefe desde mañana —Con una gran sonrisa, que hace que mi corazón se desboque, se levanta y se dirige hacia mí, al segundo su cara cambia, sin duda me ha reconocido, poniéndose algo más serio y alzando una ceja me dice:

—Sí, ya nos habíamos visto, ¿verdad, señorita López? Aunque no la conocía, mucho gusto — haciendo honor a su caballerosidad, coge mi silla y

39

me invita a sentarme, para acto seguido sentarse en su sitio.

Héctor con cara de duda me mira, mira a Javier y me vuelve a mirar.

—¿Ya os habíais visto?

—Sí, esta mañana. Ha entrado al probador en el que yo me encontraba mientras me probaba los trajes que me han mandado del modista, ¡Ah! me ha estado mirando hasta que me he probado toda las piezas que había comprado... —contesta Javier con risa burlona.

—No, eso no es cierto. He entrado por error a tu probador, y cuando he visto que estaba ocupado me he disculpado y me he largado por el mismo sitio por el que he llegado —Javier ríe a carcajadas sonoras, tan fuerte, que se escucha en todo el restaurante, y los demás nos quedamos mirándole divertidos.

Pedimos nuestra comida. Mientras tanto, todos siguen hablando distraídamente sobre cosas de trabajo y de la oficina. Como soy la nueva, poco o nada tengo que aportar, pero si mucho de lo que aprender y enterarme de todos esos entresijos.

La comida pasa distraídamente entre risas, cotilleos, y alguna que otra miradita hacia mi maravilloso dios griego. Aunque no le quiero mirar, es imposible, es como si su mirada y él tuvieran un poderoso imán sobre mí. Me sorprende ver que él tampoco deja de mirarme. En más de una ocasión nuestras miradas se cruzan creando todo un mar de cortocircuitos en mi interior. Mi amiga, que me conoce mejor que nadie, también se percata y me apremia con algún que otro rodillazo bajo de la mesa todo lo disimuladamente que puede.

La verdad, es que cuando consigo conectar con el planeta tierra, caigo en cuenta, de que tanto Héctor, que está a mi lado, como Pedro, son de lo más divertidos y hacen que la comida sea mucho más amena que una simple comida de trabajo. Todo lo contrario a Luís, pues desde que hemos empezado a divertirnos y reírnos un poco, dejando todo lo que el estrés del trabajo supone de lado, parece cada vez más distante, mirando a mi amiga con cara de pocos amigos, como si no le hiciera la menor gracia, que ella, se lo pase bien junto a todos nosotros.

Terminamos de comer y tomamos café, todavía falta media hora para que se incorporen al trabajo.

Antes de salir, quedamos los cinco que en un principio vinimos al restaurante para ir mañana por la noche a una de esas discotecas de moda. Javier, se disculpa con nosotros alegando que tiene muchísimo trabajo por hacer y adelantar, ya que ha pasado unos días fuera de España.

Definitivamente va a ser casi imposible sacármelo de la cabeza. Un miedo atroz se apodera de al saber que a partir de ahora lo veré casi todos los días en la oficina.

Lo miro y Javier continúa mirándome, observándome, hasta que sus ojos dan con los míos y me dedica esa sonrisa de anuncio que tiene. Me guiña un ojo.

—Señorita López, mañana pasará el día conmigo, ya sé que es su primer día, pero necesito que alguien me ayude a preparar un caso muy importante que tengo en Nueva York —Héctor lo mira molesto.

—Javi, para eso tienes a tu secretaria, para que te haga las fotocopias y todo el café que quieras —Javier asombrado por la contestación de su primo, arquea una ceja y se gira hacia él.

—Héctor, no quiero la ayuda de la señorita López para realizar esas tareas, voy a tener mucho trabajo y quiero a alguien que me ayude, eso es todo.

—Yo te puedo ayudar, mañana es el primer día de Gabriela y no quiero que la agobies, quiero que esté tranquila, no somos de esos que atosigamos a nuestros trabajadores el primer día, ¿o sí? —Héctor me mira y me dedica su sonrisa más simpática, Javier al ver ese gesto, se molesta y hace una mueca.

—Héctor, tú mañana tienes que hacerte cargo del caso de los Jones, tienes un juicio, ¿acaso lo habías olvidado? Además, no te preocupes que no la voy a molestar, solo necesito un poco de ayuda, para eso tenemos a los abogados júnior ¿no? —Héctor viendo que no tiene otra salida, asiente cabreado, pide la cuenta y la paga.

Todos nos levantamos, llegando a la puerta del bufete, cojo a mi amiga del codo y cruzo la carretera con ella hasta dónde está mi coche.

—Patry, no estoy segura de querer trabajar con Javier mañana —mi amiga me mira extrañada, eso no es normal en mí. Siempre he sido una mujer muy trabajadora y responsable. Nunca me ha importado nada más estando en el trabajo, pero ella entiende que mi dios es un peligro.

—No te preocupes, Gaby. Todo va a ir muy bien, no te dejes llevar pos sus encantos y ya está.

—Patry, eso es muy fácil decirlo para ti que estás acostumbrada a ir de flor en flor, pero sabes cómo soy yo en cuestión del amor, este hombre cuando me mira, me deja sin respiración, me tiemblan las piernas y me olvido de todo a mi alrededor —Hace una mueca de dolor, porque lo sabe, sabe exactamente a qué me refiero. Me enamoro con facilidad y más teniendo a ese hombre delante todo el día.

—No te preocupes, Gaby. Mañana, cuando llegue del juicio con Héctor, prometo ir a echarte una mano. Además, cuando te des cuenta que él coquetea con toda la oficina, te olvidarás de él fácilmente.

Volvemos al bufete, ya en la puerta me estoy despidiendo de todos, menos de Javier, está hablando por teléfono. Justo cuando me estoy despidiendo de Héctor, Javier lo llama muy serio, creo que se ponen a discutir, y si no me falla mi intuición femenina es por lo que hace escasos minutos ha pasado en el restaurante. Cuando terminan de hablar, Héctor con una divertida y traviesa sonrisa se dirige hacia donde yo estoy

—Gaby, no te vayas todavía, sube conmigo a recursos humanos, firmas el contrato y te llevas la credencial para que a partir de mañana te dejen pasar sin molestarte, ¡ah! y también te enseño la que va a ser tu oficina —con una sonrisa miro a mi amiga y esta asiente feliz. Los seis nos dirigimos al ascensor.

Una vez que he firmado el contrato, me dan la credencial y sé cuál es mi oficina, me despido de Héctor y de mi mejor amiga. Me voy al ascensor, doy al botón y cuando este abre sus puertas me adentro.

Voy mirando al suelo pensativa. Cuando las puertas están cerrando, veo un zapato negro que se interpone, las puertas vuelven a abrirse, sigo ese zapato negro lentamente y en ascenso, y cuando llego a la cara del propietario de ese zapato negro, la respiración se me entrecorta. Está aquí, moreno, ojazos marrones, labios perfilados, es él, mi dios griego.

Todo mi cuerpo comienza a temblar cuando se pone a mi lado y me dedica una sonrisa de «*aquí estoy, haz conmigo lo que quieras»*. Las puertas vuelven a cerrarse, se yergue mirando al frente muy serio, guardando las distancias. No me mira, ni siquiera me roza, pero yo ya estoy taquicárdica. En cuestión de segundos, el dulce olor que desprende su perfume inunda no solo el ascensor, sino que me inunda a mí, haciendo que un calor líquido brote desde lo más profundo de mi ser hasta manchar, o mejor dicho, empapar toda mi ropa interior, ¿Cómo es posible que un hombre al que apenas conozco consiga estos efectos en mí?, definitivamente estoy perdida, y más cuando en pleno descenso alarga su brazo frente a mí para pulsar el botón de parada, ¿pero qué demonios hace? Lo miro perpleja a los ojos y me doy cuenta de que muy sigilosamente se está acercando a mí, creo que en breve me desmayaré. Este hombre sabe lo que hace, pues todavía más cautivador si cabe, se acerca a mí, y hundiendo su nariz en mí pelo, me susurra cálidamente.

—Señorita López, si quiere, ahora que estamos solos, puedo quitarme la ropa para que me observe sin prisas —Madre mía, como me pone esa voz tan sensual y ronca repleta de excitación. Creo que voy a tener un orgasmo con tan solo escucharlo—. ¿Qué pasa señorita López? ¿La pongo nerviosa? —En ese momento reacciono, no puedo dejar que me trate cómo a una de sus modelitos.

—Por favor, claro que no me pone usted nerviosa, señor Rodríguez, ¿Cree usted que es un hombre irresistible?

—Claro que soy irresistible.

—Será para todas esas modelitos con las que usted se acuesta. Pero no se equivoque conmigo, yo no soy igual que ellas, ¿acaso no se ha dado cuenta? —su cara cambia totalmente, se vuelve serio y rígido, vuelve a darle al botón del ascensor y continuamos bajando.

Salgo del ascensor algo sofocada, él va tras de mí. Los nervios me traicionan y se me cae la credencial. Me inclino a recogerla, miro por encima de mi hombro y le veo parado, con la mirada ensombrecida. Está excitado y solo porque me he inclinado. Sigo caminando y noto que alguien me coge por el codo y me gira, es él.

—¿Puede acompañarme un momento, señorita López?

—Por supuesto —me lleva hasta una puerta, la abre y bajamos por la escalera.

Continuamos bajando hacia al aparcamiento, no sé qué es lo que piensa, pero siquiera lo duda. Me arrincona contra la primera pared que hay y me aprisiona con todo su cuerpo. Entre nosotros, apenas puede pasar un hilo de aire, estamos tan cerca que si me inclinara tan solo unos milímetros podría saborear esos labios carnosos que tan loca me vuelven. Balancea un poco sus caderas, haciendo notable su inmensa erección en mi vientre, es entonces cuando suavemente me besa, como si pidiera permiso con sus labios tan suaves, tan sabrosos. Saca a penas unos milímetros la punta de su lengua y como si suplicara la entrada a mi boca, me la pasa desde una comisura hacia la otra. Definitivamente estoy perdida, y le doy paso, ese beso se convierte en un beso salvaje y dulce a la vez, ¡¡Dios que bien besa!!, juro ante todo que son los besos más maravillosos que jamás me hayan dado.

Baja sus manos por mis costados hasta llegar al filo de mi blusa, lentamente y abrasándome con cada caricia, mete sus manos bajo la blusa, para seguir subiendo cadenciosamente hasta llegar al filo de mi sujetador.

Es entonces cuando mira a un lado, mira a otro, y nos adentra por una puerta que teníamos al lado y la cual no me había ni siquiera percatado de que estaba ahí.

No deja de acariciarme, de besarme, de hacer que mis piernas cada vez estén más flojas y no puedan soportar el peso de mi cuerpo. No puedo sino dejar escapar unos gemidos, gemidos que se bebe él mientras un gruñido de puro placer sale de su garganta. Poco a poco, y gemido tras gemido, me va despojando de mi ropa, la chaqueta, la blusa, y cuando llega al sujetador se detiene. Me mira fijamente a los ojos y su mirada lo dice todo, es pura lujuria, puro deseo; creo que él puede ver exactamente lo mismo en mis ojos, pues muy sutilmente y como si quisiera que arda con mi propio fuego, me lo quita, dejando al aire mis pechos, con unos pezones que ya hacía tiempo estaban demasiado erguidos y pidiendo ser atendidos.

Sin parar de besarme roza la curva exterior de mis pechos, ese simple roce hace que un gemido más fuerte salga de mí. Comienza a bajar despacio su boca por mi cuello, sé hacia donde se dirige, y yo dejo caer la cabeza hacia atrás haciendo que mis pechos se eleven más e invitándolo a que los saboree. Lo que en un principio eran dulces lametazos y pequeños mordisquitos se convierte en algo un poco más agresivo, pero me gusta, me gusta mucho.

Introduce la mano por el costado de las bragas y me las baja hasta las rodillas, donde el efecto de la gravedad hace su trabajo y caen al suelo. Acaricia mi clítoris, estoy tan mojada que el dedo le resbala.

—Joder, Gabriela —gimo, no digo nada. Me penetra con dos dedos mientras sigue mordisqueándome los pezones.

Gimo y gimo sin parar, no puedo hacer nada más, me dejo llevar por esa montaña rusa de inmenso placer, como siga así en breve me voy a correr, y será uno de los orgasmos más maravillosos que he tenido en mi puñetera vida.

—Vamos, morena, córrete para mí…

—¡Oh, sí!, mi dios, no pares —intuyo cómo sonríe sobre en mi piel.

Desciende un hormigueo por el vientre y ya no aguanto más. Me dejo llevar por un orgasmo feroz. Nadie nunca me había tocado de esa manera.

—Oh dios, voy a follarte.

—Sí... fóllame —Consigo decir entrecortadamente y totalmente embriagada de placer.

Mientras me besa, escucho como se quita el cinturón y baja la cremallera de su pantalón. Saca del bolsillo un condón, se lo pone, me coge de las caderas y me levanta, yo enrosco mis piernas en su cintura. Me enviste con fuerza. Retengo el aire hasta que no puedo más, se me olvida respirar. Sigue bombeando fuerte y hondo, gimo sin parar, me voy a correr otra vez, le oigo gruñir.

—Joder, Gabriela... me voy a correr —M vuelve a embestir fuerte dos, tres, cuatro veces más, hasta que noto como empieza a palpitar dentro de mí, haciendo que Javier mire al techo con un gesto de puro placer mientras un fuerte gruñido sale de lo más profundo de su interior.

Me dejo llevar, es el mejor polvo que he echado en toda mi vida, me embiste dos veces más para alargar mi orgasmo, deja caer su cara en mi cuello y respiramos agitadamente, el corazón me va a estallar.

Cuando nos relajamos un poco, sale de mi interior, me deja caer al suelo hasta que mis pies lo tocan. Se deshace del condón, le hace un nudo y se lo mete en el bolsillo. Se abrocha los pantalones, la correa, y se va. Sin decirme nada. Sin mirarme siquiera.

Permanezco aturdida unos segundos hasta que reacciono y se exactamente lo que ha ocurrido. Agarro un pañuelo de mi bolso, me limpio, me pongo bien las bragas y me bajo la falda.

Busco la camisa, me la abrocho y me pongo la chaqueta. Lo veo. Se ha dado la vuelta y viene hacia a mí, muy serio y con un gesto tan frío que me hiela la sangre.

—Señorita López, aquí, no ha sucedido nada, ¿entiende? —Se da la vuelta y se vuelve a marchar. Esta vez, si lo veo desaparecer.

¿Decepción o idiotez?

Llego a casa aturdida por lo que acaba de ocurrir en el *parking* del bufete. Voy hacia mi dormitorio, me desnudo y me meto en la ducha. Comienzo a recordar una y otra vez lo que momentos antes ha ocurrido en ese maldito sitio y con ese maldito hombre, con el que sabía, que no me podía enzarzar, y que por contradecirme, como casi siempre termino por hacer. Recuerdo como ha sucedido todo, detalle a detalle. Y si mi mente no me engaña, ha sido él, quien ha dado pie a todo esto. Ha sido él, quien me ha cogido del brazo y me ha pedido que lo acompañe. ¿Por qué me siento culpable entonces? Me siento culpable porque me he abandonado al placer que él me profesaba entre la inmensa oscuridad de ese maldito aparcamiento.

No termino por comprender entonces la reacción que ha tenido. Por muchas vueltas que intento darle a lo ocurrido, continuo sin poder disculpar su comportamiento tan ruin y descortés. Mientras lo estábamos haciendo, era salvaje y tan dulce a la vez, y cuando terminamos me dice que esto no ha sucedido...

¿Cómo voy a poder mañana trabajar con él con lo que me provoca? ¿Acaso cree que puedo estar así sin más, como si nada hubiese ocurrido?

«Gaby eso es lo que tienes que hacer, mantenerte fría y distante igual que él», me digo a mi misma que es lo mejor.

¿Cómo voy a olvidar tan fácil lo que me ha hecho sentir? Nunca en mi vida me había sentido así, nunca había tenido ningún orgasmo tan intenso. Salgo de la ducha, me coloco una toalla alrededor del pecho. Tengo los pezones duros de solo pensar como me los chupaba, hasta me duelen.

Me coloco unos pantalones cortos de pijama y una camiseta de tirantes, hace calor, o quizás soy yo. Estoy tan caliente por él, que creo que estoy desvariando respecto a lo que estoy sintiendo ahora mismo. ¡Oh dios mío, Gaby!, deja ya de pensar en él, me voy hasta el sofá me pongo la tele, no sé ni cuándo ni a qué hora me quedo dormida.

Me despierta un rico olor a comida, es Patry, está haciendo la cena. Es muy buena cocinera, me levanto y la veo mientras me siento en uno de los taburetes de la cocina. Está tomándose una copa de vino. Me mira, sonríe y me tiende una copa, se lo agradezco con una sonrisa y levanto la copa.

—Por la mejor amiga del mundo —Patry sonríe—.Por la nueva incorporación a «*RODRÍGUEZ ABO-GADOS*», salud —hago una mueca de dolor al pensar en Javier

—Salud.

—Gaby, ¿estás bien?

—No sé cómo contarte esto… es que… me he acostado con Javier —ya ésta, ya lo he soltado.

Patry me mira sorprendida, no se lo esperaba, y menos de mí, ella piensa que soy una mojigata.

—¿Queeeé? Cuéntamelo, Gaby, ¿Te ha forzado? —me mira preocupada.

—¡Qué tontería, Patry!, claro que no me ha forzado, pero ya sabes que cuando se me acerca, no existe

55

nada más para mí que él... cuando Héctor ha terminado de enseñarme la oficina, me he subido al ascensor. Estaban a punto de cerrarse las puertas y Javier ha puesto el pie, en fin... Cuando íbamos bajando ha dado al *stop*, y susurrándome, me ha dicho que ya que estábamos solos, si quería, él se desnudaba para que le admirase con tiempo... —mi amiga me mira, no entiende nada, yo sigo contándole —: no le he contestado, y él se me ha acercado más. Lo tenía así — pongo mi mano abierta casi chocando con mi cara —. Me ha preguntado que si me ponía nerviosa, me ha dado tanta rabia, que le he dicho que si es que se pensaba que yo era una de sus modelitos, si es que no se había dado cuenta de que no era así, se ha enfadado y sin hablarme le ha vuelto a dar al botón hasta que me he bajado...

—¿Y entonces...cómo ha pasado? Quiero decir... ¿cómo os habéis acostado? —me mira confusa y entonces yo se lo aclaro.

—Estaba tan cabreada, que he salido rápido del ascensor y se me ha caído la credencial, como sabía que él estaba tras de mí, me he inclinado provocándole— ella ríe a carcajadas y me hace un gesto para que siga

—. Patry, tenías que haberlo visto, estaba hechizado, blanco y rígido, mirándome el culo. He seguido caminando y me ha cogido del brazo, me ha llevado por la escalera hasta el *parking*. Me ha arrastrado hasta una habitación muy oscura que había y ya pues…

—¡No! No me cuentes más…bueno sí, ¿Cómo ha sido?

—Puf, el mejor polvo que mi cuerpo ha podido disfrutar en toda mi vida. Nunca, nadie, me ha tocado y me ha besado de esa manera, y mucho menos me han follado así.

—Bueno, tampoco es que te hayas acostado con muchos… —su burla hace que se me dibuje en la cara una mueca de dolor, al recordar lo que me ha dicho antes de irse…

Patry se da cuenta, me mira y me coge la mano.

—¿Hay algo más que quieras contarme?

—Es que… cuando se iba, me ha dicho que eso no había ocurrido —mi amiga se levanta de golpe y da un manotazo al mármol de la isla.

—¡Que cabrón! ¿Y tú no le has dicho nada? —niego con la cabeza y bajo la mirada al suelo.

—No te preocupes, Gaby. Mañana cuando lo vea, se va a enterar de lo que vale un peine —escapa de mi boca una sonrisa al escuchar esa frase que mi abuela tanto decía.

—No es eso, Patry. Me da exactamente igual lo que opine de mí. Lo que verdaderamente me importa es lo que voy a hacer mañana para poder estar todo el día con él. Se me cae la cara de vergüenza, y además, ¿Cómo voy a hacer para parecer que me sea tan indiferente cómo lo he sido yo para él después de todo?

—Gaby, tienes que ser fuerte y demostrarle que no va a hacer contigo lo que quiera. Si se vuelve a acercar a ti, párale los pies, porque si no lo haces, vas a acabar muy mal. Al fin y al cabo, la que va a salir perjudicada, vas a ser tú —Asiento lentamente. Ella tiene razón, no voy a dejar que Javier se salga con la suya.

La ayudo a poner la mesa, ha hecho una lasaña que huele fenomenal, y no dudo que sepa mejor todavía.

Nos sentamos a cenar y ella me cuenta como ha transcurrido la tarde en la oficina. Me cuenta que ha estado toda la tarde con Héctor preparando el juicio de los Jones para mañana.

—He estado tomando café con Luis en la sala de descanso, y lo he notado muy distante —A Patry se le pierde la mirada en la lasaña, apenas ha probado bocado.

Lleno nuestras copas de vino y le doy un sorbo, la miro por encima de la copa, la veo bastante desanimada.

—Patry, venga. Sabes que si Luis esta así es por tu culpa ¿No? Le gustas mucho, cariño, y solo me ha bastado una hora para ver cómo te mira... —ella asiente confusa por todo lo que le he dicho.

—Bueno, vamos a la cama que mañana tenemos un día muy largo, los viernes son lo peor en la oficina —Se levanta, coge las copas y las mete en el lavavajillas.

Recojo el resto de los platos y los cubiertos. Se dirige a su habitación, pero antes de entrar me da las buenas noches, yo se las devuelvo. Me voy a mi dormitorio y me dejo caer en la cama. Para estar en mayo hace mucho calor. Me quedo dormida pensando en él, en mi dios griego.

Las cartas sobre la mesa

A las siete de la mañana suena el despertador, de un manotazo lo apago, estoy despierta desde las cuatro de la mañana; no he podido parar de pensar en todo lo que pasó ayer con Javier, he revivido cada instante una y mil veces. Un profundo suspiro sale de mí, como si quisiera inflarme de valor, el valor que dentro de nada voy a necesitar para enfrentarme a este primer día de trabajo.

Sin pensármelo dos veces me dirijo hacia el cuarto de baño, una vez allí me pego una ducha de esas que te revitaliza todo el cuerpo, cuando salgo, me voy a mi vestidor y me decanto por un precioso vestido morado con escote de corazón y unos zapatos de tacón negros. Me seco el pelo y me lo peino con ondas, me maquillo, un poco de perfume y lista.

Voy hasta la cocina y Patry ya ha preparado café, la verdad, no me entra nada más, tengo el estómago cerrado por los nervios.

—Buenos días, Gaby, ¿qué tal has dormido?

—Buenos días, bien... he dormido bien —Cojo la taza de café que me extiende y me lo bebo casi de un trago, ni si quiera lo saboreo.

—Venga vamos, son las ocho y media, vas muy guapa hoy. Espero que pongas a Javier en su sitio, enséñale que contigo no se juega.

—Patry, no sé qué decirte, cuando estoy con él, todo lo demás no existe —Cogemos los bolsos y los maletines, por suerte tengo el mío nuevo, me lo regaló mi abuela cuando me gradué, es perfecto.

Cuando llegamos a la oficina, justo esperando el ascensor, nos encontramos con Héctor. Subimos los tres juntos en el ascensor, la verdad es que estoy realmente nerviosa, ya no sé si por volver a ver a Javier, o por los nervios que conlleva el primer día de trabajo.

He tenido la gran suerte de que mi oficina está justo al lado de la de Patry, así seguro que me será mucho más fácil amoldarme a mi nuevo puesto de trabajo. Conforme entro en la que va a ser mi oficina, me quedo paralizada, está totalmente decorada, nada es igual a lo que había visto apenas hace unas horas.

Tiene un escritorio en blanco con un ordenador nuevo, un sillón de piel blanco y dos sillas también de piel blanca. Al lado hay un sillón bajo con una mesita cuadrada baja también, y las paredes son rosa palo. Lo que más impresionada me deja son mis diplomas, todos y cada uno de ellos cuelgan de la pared.

—¡Oh dios mío! qué bonito…pero… ¿cómo habéis hecho todo esto en tan solo unas horas? Es impresionante… —estoy alucinada, es todo tan precioso, mi amiga y Héctor se miran y sonríen.

—Aquí te vas a sentir en casa, todo esto ha sido obra de Javier, ayer cuando te fuiste, pidió a una empresa de decoración que hicieran todo esto. Patry me dio anoche todos tus diplomas.

Me cuelgo del cuello de mi amiga dándole besos y cortándole la respiración, también tendré que darle las gracias a Javier.

—Buenos días, ya veo que estás contenta esta mañana, espero que te guste, es mi regalo de bienvenida. Creo que con los consejos de Patricia y el decorador, todo ha quedado a tu gusto.

—Muchas gracias, Javier. No tendrías que haberte molestado —me mira y sonríe.

Se pasa la mano por el pelo y de pronto toda su mirada tierna cambia, se vuelve fría y distante, no lo entiendo. ¿Cómo puede cambiar de actitud así?

—Solo quería demostrarle a Héctor que no pienso molestarte, que no soy el hombre que todos dicen —Héctor lo mira confundido y al ver me he percatado que me sonríe —Señorita López, la espero en mi despacho dentro de veinte minutos, tenemos que empezar cuanto antes con el caso de Nueva York.

—Sí, claro que sí, ahora mismo voy.

Me despido de mi amiga y de Héctor, quedando para comer a las dos. Termino de instalarme en mi despacho y me dirijo al despacho de Javier, la puerta está entre abierta, y lo oigo hablando con una mujer.

—Ana, te he dicho que no quiero que vengas aquí, que no quiero verte. Te has estado riendo de mí y ahora pretendes que siga viéndote, no quiero que me busques más, ahora estoy con otra mujer —el alma se me cae a los pies, este hombre juega con todas y yo…como una tonta babeando por él.

—Pero, Javi, mi amor, sabes que todo eso que dicen es mentira, yo te quiero, ¿Cómo has podido sustituirme tan pronto? ¿Acaso nunca me has querido?

—Ana, sabes que yo no quiero a nadie, yo no me enamoro, yo solo juego, y eso tú lo sabías cuando hace unos meses aceptaste mis condiciones.

—Claro que lo sabía, Javi, pero esperaba que te enamoraras de mí… yo siempre te he tratado tan bien... —la oigo sollozar. Pobre mujer, llorando por un hombre que solo la ha utilizado. Así es Javier, solo utiliza a las mujeres.

Toco a la puerta y espero a que me den permiso para entrar.

—Adelante.

—Lo siento, Javier, no quería molestar, ya vengo más tarde —la mujer me mira con cara de odio, por alguna razón sabe que a mí Javier me gusta, pero seamos sinceras ¿A qué mujer no le gusta? Es el hombre más guapo, sexi y salvaje que he visto en mi vida.

—No te preocupes, señorita López, la señorita Ana ya se iba —mira a la mujer con cara de odio y la lleva hasta la puerta.

—Hasta nunca, Ana —se da la vuelta, se pasa la mano por el pelo y se sienta en su sillón de gran abogado.

Su mirada es fría, tan fría que me podría congelar con tan solo mirarme.

—Señorita López, tome asiento por favor, voy a explicarle exactamente lo que quiero que haga —asiento, me siento en la silla que hay frente a él.

Me quedo embobada mirándolo, mirando sus labios, con esos labios me besó ayer, con esos labios me saboreaba, ¿Por qué con tan solo tenerlo cerca puede hacerme sentir así? ¿Cómo con tan solo mirarlo ya mojo mis bragas?

Javier tamborilea en la mesa con los dedos, y me saca de mis sueños. Creo que me ha pillado mirándolo embobada, sonríe y me da una carpeta.

—Quiero que leas todo esto y después me digas como prepararías tú este juicio, quiero que me digas desde que testigos vas a solicitar, hasta las preguntas que vas a realizar —lo miro y sonrío, esto se me va a dar mejor de lo que pensaba. Lo voy a dejar boquiabierto.

—Sí, ahora mismo me pongo con esto, pero... me va a llevar un par de horas... —me dirige una mirada fría.

—Menos mal que solo le va a llevar un par de horas, a mí, me hubiese llevado todo el día, quiero que dediques todo el día a esto, que pienses bien tus estrategias, quiero que cuando mañana por la mañana me presentes tu trabajo, no tengas ningún error. Solo así sabré si sirves para trabajar en mi bufete —asiento decepcionada por todo lo que me acaba de decir, me levanto. Voy a la puerta para irme a mi despacho y me llama, me giro y lo veo apoyado en el escritorio con los brazos cruzados y sus pies cruzados por el tobillo.

—Señorita López, ¿Dónde cree que va?

67

—A mi despacho, señor, a hacer todo lo que me ha pedido…

—Vaya… hace un rato me tratabas de tú, y ahora me tratas de usted…

—Siento mucho haberme tomado esa confianza, señor, no volverá a pasar.

—Siéntese en esa mesa y haga su trabajo desde ahí, quiero que si tiene alguna duda me pregunte. Vaya a su despacho y tráigase todo lo que necesite, le doy diez minutos —Se encamina hacia su escritorio y se pone a trabajar, como sí no hubiese dicho nada, como sí no estuviese aquí. —Señorita López, ¿Qué está esperando? No tenemos todo el día. La quiero trabajando en diez minutos —Me doy la vuelta y me voy a mi despacho.

¿Cómo puede ser tan frio conmigo si no hace ni veinticuatro horas nos acostamos juntos? Eso es lo que hace con todas, se las folla, y ya si te he visto ni me acuerdo, ¿Es que ese hombre no tiene sentimientos? No, no tiene, hace un momento he escuchado su conversación con Ana. Le ha dicho que él no se enamora, le ha dicho con pocas palabras que él solo folla con la misma mujer hasta que se cansa de ella, y después adiós. Cojo mi ordenador portátil, lo meto en mi maletín, meto también la carpeta que me ha dado, y ya lo tengo todo, mis lápices y algunos apuntes que me he traído por si en algún momento me valen de algo.

Voy hasta su despacho y entro sin tocar. Me siento, pongo mi maletín en la mesa y empiezo a sacarlo todo y a colocarlo encima de mi escritorio provisional. Él me mira, se queda mirando todo y cada uno de mis movimientos. Estoy cabreada, todo lo que me ha dicho y como me ha tratado.

—Señorita López, la próxima vez que entre en mi despacho sin tocar, y sin que yo le haya dado permiso para entrar, estará despedida —le miro aún más cabreada y asiento despacio.

—Lo siento, no volverá a pasar.

Paso toda la mañana concentrada en todos y cada uno de los papeles que había dentro de la carpeta que me ha dado Javier, en todas las pruebas, en todos los nombres, en cada detalle. Pero cada vez que lo oigo resoplar o lo oigo hablar por teléfono me desconcentro, estoy cabreadísima ¿Cómo puede jugar así conmigo? Está claro que no me voy a dejar llevar por él, no voy a dejar que se vuelva a acostar conmigo, le voy a tratar igual que él me ha tratado a mí, le voy a utilizar cada vez que me dé la gana, tal y como él lo hace.

No estoy segura si eso es lo que quiero, me gusta, me gusta mucho, y me dejaría hacer todo lo que él quisiera hacerme. Dios mío, estoy tan confundida,

¿Cómo me está pasando esto a mí? Yo nunca me he dejado hacer nada por un hombre, cuando ni siquiera sé lo que es amor. Con Roberto, no tenía esta atracción que siento por él, no me temblaban las piernas cada vez que le tenía delante, no mojaba mis bragas cuando me miraba... siquiera me recorría ese escalofrío cuando le sentía cerca.

Recaída explosiva

Cuando miro mi reloj, son ya las dos menos cinco del medio día, ya me queda poco para perderlo de vista. He estado tan distraída por Javier, que apenas he logrado hacer nada. Tengo algunas dudas, pero no me he molestado en preguntarle. Tendré que llevarme el trabajo a casa y preguntarle a Patry. Alguien toca a la puerta, son Héctor y Patry.

—Hola, Javi, venimos a por Gaby para ir a comer, ¿vienes tú también? —Javi mira a Héctor y después me mira a mí, se queda pensando y veo que se pone rígido otra vez.

—Le iba a decir a la señorita López que me trajera un sándwich vegetal…pero pensándolo bien… sí, me voy a comer con vosotros —nos ponemos en pie, cojo mi bolso y salimos de la oficina.

Cuando entramos en el ascensor, Javier se pone justo tras de mí, me recorre la espalda con un dedo hasta llegar al hoyuelo que tengo en la parte baja, se acerca a mi oído y me susurra:

—Estás preciosa hoy, Gaby, y hueles muy bien —me pongo rígida y me muevo hasta ponerme delante de Héctor. Le doy una sonrisa coqueta a Héctor

—Héctor, ¿Dónde están Luis y Pedro? ¿Hoy no vienen a comer con nosotros? —me sonríe y me coge por la cintura.

Oigo a Javier resoplar poniéndose nervioso, vuelvo mi mirada hacia Héctor y le pongo mi sonrisa más sexi, sé que no estoy haciendo nada bien en mostrarme cariñosa con Héctor solo pana poner celoso a Javier… pero donde las dan, las toman.

—No vienen hoy a comer Gaby, me han dicho que nos esperan esta noche en el Apocalipsis.

Caminamos hasta llegar al restaurante, nos acomodamos en la mesa y Héctor se para a hablar con unos hombres trajeados, mi amiga al ver las miradas que me está echando Javier, se disculpa y se va al baño.

—No juegues conmigo, Gaby, no me gusta que estés tratando a mi primo así.

—¡Ah!, ahora soy Gaby y estoy jugando contigo. Yo no te he follado y despúes me he ido diciéndote que eso no había ocurrido. Yo no te he tratado como si no te conociese de nada, ni me he comportado como una hija de puta contigo, así que no vengas ahora con tus celos tontos —Javier hace una mueca de dolor, parece que nunca ninguna mujer le había plantado cara.

—Escucha, Gaby. Siento mucho lo de ayer, no sé qué fué lo que me ocurrió, desde que te vi en aquel probador quise acostarme contigo. No lo tenía que haber hecho de esa manera...pero... no podía controlarme, me vuelves loco, no sé lo que me haces, cada vez que te veo quiero follarte como un loco —me acerco a él y lo miro a los ojos.

—No, ahora escúchame tú a mí, porque tú me haces sentir lo mismo, pero no por eso me comporto contigo fría y sin sentimientos. Escúchame bien Javier, te dije ayer que yo no soy una de tus modelitos, y conmigo te estás equivocando. Si te vuelves a acercar a mí, que no sea como el día de ayer, porque si no, haré que te arrepientas de haber jugado otra vez conmigo —se queda mirándome como si nunca hubiese visto nada igual, como si no se creyese lo que está escuchando.

La verdad, yo tampoco me lo he creído, no sé de donde he sacado el valor de decirle todo lo que le he dicho. La conversación se queda así, no volvemos a hablar, eso sí, yo sigo mostrándome cariñosa y sexi con Héctor, me lo estoy pasando muy bien haciendo rabiar a Javier. Eso para que aprenda a no jugar con fuego, aunque creo que aquí la única que está jugando con fuego soy yo, y al final me voy a quemar.

La comida termina y volvemos a la oficina, yo no he vuelto a decirle nada a Javier, ni le he mirado. Después de todo lo que le he dicho en el restaurante, me he quedado mucho más tranquila, ahora sí puedo concentrarme y trabajar, se me está haciendo bastante más fácil.

Noto que me está mirando, está concentrado observándome con un vaso de whisky en la mano. Me levanto y me dirijo hasta su escritorio.

—Señor, voy un momento al baño y a por un poco de agua

—No hace falta que salgas para ir al baño y beber agua, usa el mío, y cuando te apetezca algo de beber, solo tienes que servírtelo —me hace un gesto al mueble bar, se vuelve y se pone a trabajar en su ordenador.

Así lo hago, utilizo su cuarto de baño y cuando salgo me dirijo al mueble bar, la verdad es que necesito un vaso de agua fría. Estoy a punto de dar el primer trago de agua cuando noto sus manos en mis caderas, en cuestión de milésimas de segundos su respiración se va haciendo cada vez más entrecortada. Tan solo con ese simple gesto, a mí ya me tiemblan las piernas y empieza a faltarme el aire.

Poco a poco, va subiendo y bajando sus manos por todo mi costado, volviendo a quedarse en mis caderas, un suave beso en el nacimiento del cuello hace que me estremezca, y que nuble toda mi razón. Sin separarse a penas de mí, me da la vuelta, me coge la cara y se apodera sin piedad de mi boca. Sus besos son salvajes, profundos. Me encantan, me derriten cada vez más.

Pasa su mano izquierda por mi cuello, mientras que con su mano derecha va flanqueando todo mi costado, cadenciosamente, abrasándome con cada centímetro que recorre de mi cuerpo, hasta que llega a mi nalga; me aprieta más hacia él, haciendo así que tenga que subir un poco mi pierna derecha, momento en el cual aprovecha para deleitarme con más caricias hasta que enrosca mi pierna en su cadera.

En un abrir y cerrar de ojos, Javier me levanta y yo enrosco la otra pierna, apretándolo hacia mí lo máximo posible, notando toda su erección que lucha por salir de sus pantalones. Me lleva hasta su silla del despacho y me va dejando caer poco a poco hasta que acabo en el borde; mirándome a los ojos. Poco a poco va subiéndome el vestido hasta sacarlo por mis brazos, deja el vestido a un lado y con su dedo índice empieza a recorrerme el óvalo de la cara, bajando por mi cuello, la clavícula, hasta llegar al borde del sujetador. Con una sola mano, con ese gesto ha hecho que arda todo en mi interior. Bordea la copa derecha de mi sujetador y con la misma delicadeza pasa a la copa izquierda. Vuelve a mirarme a los ojos y comienza a apoderarse de mi boca, mientras que se deshace de aquello que en estos momentos le estorba, mi sujetador.

Esta vez es su boca la que hace el camino que momentos atrás había hecho su dedo, un gemido sale de mí cuando succiona mis pezones, primero uno y luego otro, primero suave para luego pasar a más fiereza. Oigo como un gruñido sale de su garganta haciendo que me tambalee de puro placer y caiga sentada en su silla. Sus manos recorren de nuevo mis costados hasta llegar a las tiras de mi tanga. Una sonrisa pícara atraviesa su cara cuando de un tirón fuerte lo hace añicos, dejándome totalmente descubierta ante él.

Vuelve a besarme salvajemente, mientras se va arrodillando y me abre un poco más las piernas, con sus ojos llenos de lujuria y de deseo pasa sus dedos por mi hendidura, mientras baja poco a poco de nuevo su boca hasta mi pezón

—Ummm Gaby, eres tan dulce... tan deliciosa... tan... me encanta tu sabor...

La única respuesta que recibe por mi parte es un gemido, un jadeo, no puedo articular palabra. Me pega un pequeño mordisquito en el pezón cuando sus dos dedos me penetran, haciendo casi que chille de puro placer, poco a poco va bajando su boca, hasta llegar a mi clítoris, sin dejar de penétrame me lo chupa, tira de él, me mordisquea, me lame, me dejo llevar por el éxtasis

—Javier... —sigo gimiendo, un temblor se apodera de mí, él sigue chupándome, haciendo más intenso mi orgasmo.

Sube y me besa, haciéndome probar mi propio sabor, se desabrocha el pantalón y oigo rasgar el aluminio de un condón. Se lo pone, lo observo mordiéndome el labio inferior.

—Gaby, me vuelve loco escuchar mi nombre en tus labios, me vuelves loco tú, te voy a follar.

—Sí, Javier, sí. Fóllame —Me coge del culo y me levanta poniéndome al filo del escritorio, me pasa una pierna por su hombro dejando apoyado mi talón en él, me penetra de una estocada y chillo de placer.

Me besa como si fuera el último beso de su vida, me muerde el labio inferior y tira de él. Lía sus dedos en mi pelo y tira fuerte para llegar hasta mi cuello, lo lame y me lo muerde sin dejar de penetrarme fuerte y duro. Me voy a correr.

—Por favor, Javier...

—¿Qué quieres, Gaby? Dime lo que quieres.

—No pares, Javier. No pares por favor —Sonríe, no para hasta que noto un escalofrío recorrer mi cuerpo y haciéndose más evidente en mi vientre.

—Ah, Javi, más fuerte por favor —Él sonríe en mi boca y lo oigo gruñir.

Pongo mis manos en su espalda y lo araño, hinco mis uñas fuertes en su piel. Me dejo llevar por el orgasmo y noto cómo llega a su propio clímax, me da dos estocadas más, coge mi pierna de su hombro y la coloca en su cintura. Me abraza fuerte, acariciándome la espalda y respirando en mi cuello. Cuando nuestra respiración está más relajada sale de mi interior y se va al baño.

Me voy vistiendo rápido, sé lo que va a pasar cuando salga de ahí, recojo mi tanga hecho jirones y lo meto en mi bolso.

Sale del baño, se sienta en su escritorio y apoya los codos en la mesa pasándose las manos por el pelo. Levanta la mirada y es una mirada fría. Sus ojos están vacíos, hace solo cinco minutos tenía una mirada excitada y ardiente. Ya no es el mismo, ha vuelto a cambiar de opinión. Me enfado aún más.

—Y ahora es el momento en el que me dices que esto no ha ocurrido ¿Verdad, Javier? —el me mira exasperado, nervioso.

—Gaby... yo... lo siento... —me levanto recojo todas mis cosas, meto todo en mi maletín y me cuelgo el bolso.

—Eres un cabrón, Javier, te dije que no volvieras a jugar conmigo.

—Gaby, Gaby, espera —pero ya es muy tarde, he salido de su despacho dando un portazo.

Lo escucho maldecir y dando un golpe en algún sitio.

Me encierro en mi despacho, la rabia se apodera de mi cuerpo y las lágrimas caen por mis mejillas. ¡Maldito cabrón!, lo ha vuelto a hacer. Se ha acostado conmigo y después ha hecho como si nada hubiese pasado.

Paso toda la tarde trabajando, intentando olvidar el polvo que hemos echado en la mesa de su oficina. No puedo, no puedo olvidarlo tan fácil como lo ha olvidado él, me estoy metiendo en un terreno muy peligroso, y sé que voy a sufrir, ¡Maldita sea!, me va a hacer el corazón añicos. Alguien toca la puerta, es Patry.

—Gaby, vámonos, ya es hora —asiento, me levanto y recojo todas mis cosas, me cuelgo el bolso y salimos a coger el ascensor.

Mientras estamos esperándolo veo salir a Javier de su despacho, sus ojos encuentran los míos, veo en ellos arrepentimiento. Lo sabía, sabía que no tenía que haber permitido que nada de esto volviese a pasar.

Inocente castigo

Patry no para de hablarme, me está contando todo lo que ha hecho esta tarde, como le ha ido el juicio que han ganado. La verdad es que no lo dudaba, no sé cómo trabaja Héctor, pero sé que ella es una excelente abogada. No he estado prestando atención a todo lo que me ha estado contando. Casi sin darme cuenta hemos llegado a casa, y noto como mi amiga se ha dado cuenta de que he estado la mayor parte de la conversación en otro lugar. Me observa preocupada y me pregunta.

—Gaby, ¿Te encuentras bien? ¿Cómo te ha ido hoy con Javier? —Me apoyo en la encimera y suspiro profundamente.

—Patry... yo... me he vuelto a acostar con Javier... y ha vuelto a pasar lo mismo de ayer —ella me coge de los hombros y me sienta en el sofá.

—A ver, Gaby, cuéntame, ¿Qué ha pasado?

—Estaba bebiendo agua y él me ha cogido de las caderas, por la espalda. Solo me he dejado llevar, me ha dicho que lo volvía loco, me ha hecho gemir como nadie, ¡Ay Patry!, me gusta mucho, sé que me va a hacer mucho daño —Mi amiga suspira y pone cara de preocupación.

Le cuento la conversación que he escuchado con esa tal Ana, y la conversación que he tenido con él en el restaurante cuando ella había ido al baño.

—Gaby, has hecho muy bien en dejarle claro quién eres, el problema es que te estás enamorando de él, y eso no me gusta nada —resoplo cabreada porque sé que ella tiene razón. —Gaby, Javier es un hombre muy mujeriego, y es conocido porque él no tiene sentimientos, él le dice a todas las mujeres lo mismo, que nunca se enamora, y que solo las quiere para divertirse, para jugar con ellas.

—Ya lo sé, Patry, pero es que... no he podido hacer nada, me he quedado en blanco y solo me he dejado llevar. Todo esto me está desquiciando. Ha pasado todo muy rápido. Apenas he llegado hace un par de días, y ya me he acostado con él dos veces —la miro y continúo desnudando mi alma —cuando estoy cerca de él, nada existe para mí, solo él, y eso es lo que me preocupa, que me va a romper el corazón.

—Venga, vamos a ducharnos y a arreglarnos para esta noche, tienes que ir guapísima y provocadora. Si Javier va esta noche, no lo dejes que se te acerque, no dejes que te toque, hazlo sufrir, ponlo celoso con su primo. A Héctor le gustas, mucho.

—Ya me he dado cuenta, y por eso mismo no quiero hacerle daño, no quiero que piense que él me gusta.

—Gaby, hay muchas formas de poner celoso a un tío sin tener que tocar al otro. Contonéate delante de Javier, ponle a Héctor ojitos y morritos, y saca tu sonrisa de come hombres. Ya verás cómo lo haces sufrir —asiento convencida.

Eso es lo que voy a hacer, ponerlo celoso hasta que no pueda más.

—Patry, Javier me ha dicho que mañana tengo que ir al bufete, no tengo que trabajar, estoy pensando en decirle que tengo asuntos que resolver.

—Espera —La veo que va hacia su bolso y coge su móvil, coge el mío y me lo entrega. —Toma, apunta el número y mándale un mensaje, dile que el lunes a primera hora le entregas tu trabajo. Así lo hago.

«Señor Rodríguez, soy la señorita López. Siento mucho decirle que mañana no podré ir al bufete, tengo asuntos personales muy importantes que resolver. Le pido me disculpe. El lunes a primera hora tendrá mi trabajo encima de su escritorio».

Dejo el móvil encima de la mesa y me voy a la ducha. Cuando salgo, veo a Patry liada en una toalla, estirando en mi cama varios vestidos.

—Yo creo que este es el vestido que esta noche provocará de todo menos odio —Me lo pone por encima de la toalla y asiente despacio varias veces, me mira y me sonríe. —Espera —Va corriendo hasta su habitación y me da unos Manolo negros con plataforma y abiertos por delante.

Son bastante bonitos y casan muy bien con el vestido que Patry ha elegido para mí. Es un vestido muy corto, turquesa y muy ceñido, un vestido muy sexi, tiene escote corazón y un gran escote en la espalda, se me ven hasta los hoyuelos que tengo al final de esta. Lleva una falda vaporosa por la mitad del muslo, el vestido es precioso.

—Siéntate aquí, te voy a peinar y maquillar para esta noche. Mientras, puedes beberte esa copa de vino que te he dejado en el tocador —Me dejo hacer por Patry.

Ella lo tiene más fácil, tiene el pelo muy corto, no hace falta que se tire una hora peinándose. Cuando Patry termina conmigo, yo ya me he tomado tres copas de vino, vamos a salir a cenar las dos solas y después, nos reuniremos con el resto en la puerta de la discoteca.

Me ha hecho un recogido fabuloso, ha dejado unos mechones adornando mi cara. Me ha maquillado los ojos ahumados con un negro muy brillante, un leve brochazo con un colorete muy natural y me ha pintado los labios rojos. Estoy impresionante.

—Estás guapísima Gaby, Héctor se va a pelear con más de uno esta noche por tratar de quitártelos de encima —Me mira y las dos reímos a carcajadas.

Cenamos de lo más tranquilas en un restaurante japonés, todo está muy rico. Nos hemos tomado una botella entera de vino. Según Patry, eso me va a ayudar a desinhibirme esta noche. Cuando llegamos a la puerta de la discoteca están Héctor, Luis y Pedro esperándonos. No veo a Javier, creo que no va a venir. Una tristeza se apodera de mí, mi amiga me da un codazo y me indica a mi izquierda para que vea algo. Ahí está, está hablando muy tranquilo con un par de hombres trajeados. Está sonriendo, yo diría que es el sonido más bonito que mis oídos hayan podido escuchar.

«Gaby para, ya está bien, la estás jodiendo, no te puedes enamorar de él, él mismo se lo ha dicho a Ana».

Cuando me ve, su cara cambia totalmente. Se pone serio y rígido, se acerca a nosotras y nos saluda.
—Hola, Patricia. Hola, señorita López.

—Hola, Javier —decimos las dos al unísono.

—Javier, te agradecería que fuera del trabajo me llamases por mi nombre, por si lo has olvidado, me llamo Gabriela —le guiño un ojo y sonrío.

Me doy la vuelta y me pongo a hablar con los chicos, y veo que Patry está hablando con él, me preocupa lo que pueda estar diciéndole. Los chicos no paran de bromear, y yo no puedo parar de reír. Entramos en la discoteca; Héctor ha reservado una zona vip para nosotros seis, con sillones y una mesa baja.

La camarera viene a tomarnos nota. Pido un vodka negro, me encanta, aunque estoy segura de que mañana me voy a levantar con una resaca enorme.

Me siento en una de las zonas del reservado, entre Héctor, el cual no me ha quitado ojo desde que llegamos, y Pedro. En los sillones de enfrente se sientan Patry, Luís y Javier, quedándose él justo frente a mí. Este es mi momento, se va a enterar de lo que vale un peine, nunca mejor dicho.

Nos ponemos a hablar del trabajo y todos contamos anécdotas de nuestras vidas. Todos menos Javier, lo noto serio y distante. Héctor se levanta y me coge la mano.

—Ven, vamos a bailar —Asiento y me levanto, en ese momento empieza a sonar una canción lenta de Malú.

Él me pone la mano en la espalda donde empieza la tela de mi vestido y comienza a movernos por la pista. Javier no deja de mirar, está nervioso, se lo merece por todo lo que me ha hecho pasar.

A los pocos minutos, miro, y Javier ya no está. La canción de Malú termina y empieza otra lenta de Manuel Carrasco, es muy bonita y romántica. Advierto que Javier está detrás de Héctor pidiéndole que lo deje bailar conmigo, Héctor resopla molesto por habernos interrumpido, pero acepta.

—¿Quieres bailar?

—Sí, ¿Por qué no? —me coge de la cintura y me aprieta contra él.

Noto su erección, nos miramos a los ojos y Javier me recorre la espalda con la mano, me está acariciando, pasa las yemas de sus dedos suavemente por mi espalda descubierta. Cuando llega hasta el cuello aprieta la mano y me pega a su boca, entonces ladea la cabeza y me susurra al oído.

—No juegues conmigo, Gaby. Tú eres mía, y no pienso ver cómo te dedicas a tontear con todos los hombres de la discoteca, y menos te permito que lo hagas con Héctor —Rompo el hechizo y me paro en la pista cabreada, lo miro y le sonrío.

—Tú a mí no tienes por qué permitirme, no eres nada para mí, Javier. Ya lo has dejado muy claro, así que ahora búscate a otra con la que jugar, que yo haré lo mismo —Le doy mi sonrisa más sexi, le guiño un ojo y le susurro —yo no soy tuya, no soy de nadie — Me separo, sigo sonriendo, me doy la vuelta y me voy al baño dejándolo plantado en la pista de baile.

Me encierro en un cubículo del baño y me asiento en el váter. Estoy temblando de los nervios, lo he tratado como se merecía. Dos lágrimas de pura impotencia recorren mis mejillas, si pudiera le gritaba a la cara todo lo que pienso de él, pero si lo hago, le voy a demostrar que estoy enamorada de él, y no quiero, no quiero que sepa que puede hacer conmigo lo que quiera. Inspiro fuerte hasta llenar mis pulmones, me limpio las lágrimas y salgo a retocarme el maquillaje.

Cuando llego a la mesa solo están Javier y Pedro, Héctor está bailando con una morena muy guapa y mi amiga con Luis. Hacen muy buena pareja, se nota que están enamorados por cómo se miran, por cómo se sonríen. ¡Ohm, se están besando!, mi amiga se aparta y pega su cara a su hombro, me busca con la mirada, le sonrío y le guiño un ojo.

Veo a Javier trastear su móvil, noto el mío vibrar, es un mensaje de Javier, lo miro pero él no hace ningún gesto, sigue mirando su móvil.

«Gaby, siento mucho todo lo que ha pasado, no sé porque me he comportado así, perdóname, pero es que cuando veo a alguien acercándose, tocándote, no puedo evitarlo».

Me sorprendo por haber leído eso, ¿Qué quiere decir con que no soporta que alguien más me toque? Le contesto.

«Javi, no vuelvas a hacer eso, ya te he dicho que yo no soy una de tus modelitos, deja de decirme que soy tuya. No olvides que tú no te enamoras, y yo no busco jugar con nadie, por favor, déjame en paz, no vuelvas a molestarme, tocarme o besarme».

Le doy a enviar, apago el teléfono y lo guardo en mi bolso. Lo miro y veo que lo está leyendo, enarca una ceja y me mira, tiene la mandíbula tensa, los ojos llenos de ira, está cabreado. Una hora más tarde estamos llegando a casa en un taxi, no podía quedarme más en la discoteca, no podía porque estaba borracha y si seguía cerca de Javier, podía cometer alguna locura, volver a acostarme con él, no lo podía permitir.

Cuando llegamos a casa me voy directamente a la habitación, me desnudo, me quito el maquillaje y me acuesto, me duermo casi al instante.

Entre dos Dioses

Me despierto con los rayos del sol dándome en la cara, anoche con la borrachera que traía se me olvidó bajar el estor. Miro el despertador y son las once y diez de la mañana. Me levanto algo mareada y aturdida, con un dolor de cabeza insoportable. El vino y el vodka acabaron conmigo anoche. Cojo mi móvil y está apagado, se me olvidó que anoche lo apagué delante de los ojos de Javier para que dejara de mandarme mensajes.

Me voy al baño y me ducho con agua helada, me ha sentado muy bien, pero aún tengo el estómago algo revuelto. Me pongo unos short vaqueros y una camiseta de tirantes, me hago una trenza francesa con el

95

pelo aun mojado. Cuando salgo de mi habitación veo a Patry hablando con Luis, pero hay alguien más, es Héctor, me restriego los ojos confundida, ¿Que hacen ellos aquí? Están desayunando en la isla de la cocina. Me acerco y doy los buenos días, o mejor dicho ya serán buenas tardes.

—Buenos días —Todos me miran, sonríen y me dan también los buenos días. Héctor, se me acerca y me posa las manos en la cintura, esas manos no son las de Javier, echo tanto de menos sus caricias...

—Hasta recién levantada te ves preciosa, Gaby.

—Gracias.

—Hemos venido a por vosotras para ir a comer. Tenía pensado invitaros el fin de semana que viene a pasarlo con nosotros en valencia, en la casa de la playa de mis padres, ¿os apetece venir?

—Claro que sí, Héctor, estaremos encantadas de pasar un fin de semana con vosotros —Mi amiga me mira y sonríe.

Se acerca a Luis y le da un beso en la mejilla, me estoy perdiendo algo, ¿Desde cuándo mi amiga y Luis están juntos?

¿Héctor cree que puede tener algo conmigo aparte de una bonita amistad? Yo camino confundida hasta una banqueta de la isla y me sirvo un café, Héctor me pone las manos en la espalda y las frota de arriba abajo.

—Gaby, ¿No quieres pasar el fin de semana conmigo? Quiero decir... ¿Con nosotros? —Me mira con ojos tiernos, en ellos veo más que eso, veo cariño, creo que a Héctor le gusto, no puedo permitir que se haga ilusiones conmigo.

—Héctor, ¿Me acompañas un momento a mi dormitorio? necesito hablar contigo.

—Pero bueno, Gaby, sí que corres tú, estoy encantado que me enseñes tu cama —todos sueltan una risotada y yo pongo los ojos en blanco y los ruedo.

—Sois imposibles, de verdad.

Cuando llego a mi dormitorio, no sé por dónde empezar, no sé cómo decirle a Héctor que estoy enamorada de su primo y que no puedo pensar en nadie más. Veo que se acerca, posa sus manos en mi mejilla y me besa. ¡Oh dios mío!, besa muy bien, me dejo llevar, pero cuando baja sus manos por mi cintura y las posa en el culo, despierto y me separo de él, me dejo caer en la cama y un gran suspiro sale de mí.

—Mira Héctor, besas muy bien y me atraes, eres un hombre guapísimo y muy simpático... —Él me mira confundido, se agacha hasta tener sus ojos a la altura de los míos.

—Pero...

—Pero solo te quiero como amigo, qué más quisiera yo poderme enamorar de ti, entonces todo sería tan sencillo y sería tan feliz...

—Mira, Gaby, no sé si te gusta alguien más... pero tú a mí me encantas, quiero que tengamos algo más que una bonita amistad, no veía el momento de poder besarte... tienes unos labios tan dulces... me vuelves loco —Bajo la mirada al suelo. No sé qué decir. Es muy guapo y besa muy bien, ¿Podré olvidar a Javier con Héctor? Dicen que un clavo saca a otro clavo. Yo no puedo engañarlo.

—Héctor... yo... me gusta alguien más, no sé si hago mal, pero no me gustaría hacerte sufrir, no quiero que me guardes rencor —me mira, sigo hablando, los ojos se me llenan de lágrimas, pero no las dejo caer. —El hombre que me gusta es un tanto difícil, querría olvidarme de él por completo y quererte a ti, pero es que no sé si podre lograrlo —Héctor me pone un dedo en la barbilla y sube mi mirada hasta la de él.

—Gaby, si me lo permites, yo haré que te olvides de él, déjame por lo menos intentarlo, por favor —¿Y si acepto lo que Héctor me propone? ¿Podré olvidar a Javier en sus brazos?

Tengo que pensarlo muy bien antes de intentarlo siquiera, tengo que pedirle a Patry su consejo, Héctor se levanta arrastrándome con él, me pega a él y noto su erección, está bastante duro.

—Gaby, dime quien es él, ¿lo conozco verdad? —al ver que no contesto me suelta y se da la vuelta. Se ha puesto nervioso, se pone una mano en la nuca e inspira hondo, se da la vuelta y me mira. —¡Lo sabía, sabía que era él!, ¿Cómo es posible que juegue con alguien como tú? No eres igual que ellas, Gaby. Tú eres especial… ¿Es que no lo ve?

—¿De qué hablas, Héctor?

—Sé que el hombre que te gusta es Javier… no hay nada más que ver como lo miras… — permanezco callada, ni siquiera lo miro.

¿Cómo ha podido darse cuenta? ¿Tan evidente es? Mi abuela me lo dijo, me dijo que el amor no se puede disimular... ¿Será que me he enamorado de Javier? No, no Gaby, no puedes enamorarte de él, solo te va a hacer daño. Héctor se da la vuelta y me coge del brazo, me mira, en sus ojos veo ira.

—Gaby, ¿Te has acostado con él?

—Eso no importa, Héctor.

—¿Cómo que no importa? ¿Cómo que no te importa? —Esta gritando, parece un loco, posa la mano en la nuca y lo que veo en sus ojos es desesperación. — ¿No te importa que él juegue contigo, Gaby? ¿Es que no ves que te está haciendo daño?

—Sí, lo hace, ¿Pero a ti que te importa? —Me coge las manos y las besa.

—Claro que me importas, Gaby. ¿Todavía no te has dado cuenta? —me habla con ternura.

De pronto me suelta las manos y se va, da un portazo en la puerta de mi habitación, me quedo sentada en la cama. Esto es una locura, lo mejor será que me aleje de ellos, que me aleje de aquí, y si con eso puedo lograr olvidarme de esta semana de mierda lo haré. Volveré a casa de mi madre, volveré a trabajar en el restaurante de Juan, aunque solo gane seiscientos euros, pero con eso volveré a estar tranquila.

Me levanto, cojo mi maleta y la dejo abierta en la cama, voy hacia el vestidor y con rabia empiezo a echar toda la ropa, con perchas y todo, sin doblarla. Me dejo caer abatida de rodillas. No puedo contener mis lágrimas, empiezo a sollozar y las lágrimas no dejan de caer. Me encuentro mal, no sé en qué momento me enamoré de él, cada segundo de mi tiempo se lo dedico a Javier, recuerdo todas y cada una de sus caricias, de sus besos. Me duelen más aun todos sus desplantes. Me duele el corazón, no sé qué hacer. Patry entra corriendo a mi habitación, se pone de rodillas delante de mí. Me abraza.

—Shh, Gaby. Tranquila, llora todo lo que quieras. Desahógate.

Al cabo de veinte minutos me levanto y voy hacia el baño a lavarme la cara.

Patry viene y abre la puerta de golpe, dando un portazo en las baldosas del baño.

—¿Qué piensas hacer, Gaby? ¿Piensas irte? ¿Así es como tú arreglas las cosas? —Respiro hondo hasta llenar mis pulmones.

—Patry, ya no puedo más. Me he enamorado de un loco cabrón que solo juega conmigo, y Héctor... él... me ha besado, Patry, me ha dicho que le gusto mucho, y... no sé cómo lo ha sabido, pero...sabe que me he enamorado de su primo.

—OH ¡Por dios, Gaby! Todo el mundo se ha dado cuenta, hasta Luis me ha preguntado. El amor no se puede ocultar, se ve en la mirada —me siento en el inodoro, abatida una vez más y me pongo a llorar.

Patry no se me acerca, solo me mira. Al cabo de un rato regresa con una pastilla y un vaso de agua.

—Tomate esto, verás que se te pasa todo, y así no te dolerá la cabeza —Sin preguntar hago lo que me dice, me lo tomo y me bebo el vaso de agua de tirón, se lo devuelvo vacío, ella me coge las manos y me mira con lástima.

—¿Así es cómo afrontas ahora los problemas? ¿Huyendo? La Gaby que yo conozco nunca hace eso, ella lucha, ella da la cara, ella es fuerte, tú no eres ella ¿Qué has hecho con mi amiga? ¿Dónde la has escondido? —Me hace sonreír, y la verdad es que tiene razón.

Salgo del baño y vuelvo a colocar todo el desastre que hecho con la ropa, la vuelvo a planchar y a colgar en el vestidor. Nuestro planes para comer se han cancelado después de lo que ha pasado en mi habitación. Pedimos una pizza y nos ponemos unas pelis.

Bebemos cerveza hasta estar riéndonos a carcajadas por las cosas más tontas. Así pasamos la tarde. De momento, se me viene la imagen de mi amiga con Luis.

—Patry ¿Qué te traes con Luis? ¿Estáis juntos? — Mi amiga me da una gran sonrisa y un suspiro

—Hemos estado hablando, nos lo vamos a tomar con calma, solo disfrutaremos el uno del otro y ya veremos cómo van pasando las cosas —veo que se levanta y recoge todos los botellines de cerveza y la caja de la pizza. —Voy a hacer la cena, unas verduras a la plancha y unos filetes de pollo a la plancha.

—¡Genial! ¿Te ayudo en algo?

—Mejor quédate dónde estás, después de todo lo que has bebido, solo serias un estorbo — Pongo los ojos en blanco nos miramos y nos reímos.

Mientras Patry cocina, me quedo sentada en el suelo con la espalda apoyada en el sofá y la cabeza echada atrás. Tocan a la puerta.

—Ya voy yo Gaby, debe ser Luis —abre la puerta y la oigo hablar. — ¡Vete de aquí! ¡No te acerques a ella! Déjala en paz —la puerta da un portazo y veo entrar a Javier.

Está golpeado, tiene un corte en la ceja y el labio partido.

Crisis de furia

Me coge de los codos y me levanta, me mira y me besa. Me besa cual loco. Como un salvaje. Me muerde el labio y noto el sabor de la sangre. Cuando reacciono me aparto y le doy un empujón alejándolo.

—¿Qué crees que estás haciendo? ¿Qué haces en mi casa? Te dije que no te volvieras a acercar a mí, que no volvieras a tocarme ni a besarme ¿Es que no te ha quedado claro?

—¿Para qué quieres que te deje? ¿Para irte con Héctor? ¿Eso es lo que quieres, Gaby? —no contesto, me voy hacia la puerta la abro y señalo a la calle.

—Por favor, Javier, no vuelvas a molestarme, de aquí en adelante solo tenemos un trato estrictamente laboral, ¡Ah!, y lo que yo haga con Héctor, no te importa, ya me has dejado claro que yo no te importo, no veo por qué te tiene que importar con quien salgo o con quien me acuesto —aprieta los puños en sus costados, me mira con odio, sale de mi casa y yo cierro la puerta tras de él.

Me apoyo en ella y me dejo caer hasta el suelo. Oigo un golpe y unas maldiciones, es él. Patry se me acerca despacio se agacha y me abraza.

—Muy bien, Gaby. Eso es lo que tenías que hacer, dejarle claro que en tu vida solo mandas tú, me alegro que mi amiga ya esté de vuelta — La miro, sonrío falsamente y me levanto.

Después de todo no tengo hambre, pero Patry ha preparado la cena y no la voy a dejar colgada, me siento a comer pero esta vez con una Cola, no quiero beber más, estoy alcoholizada. Mientras estamos comiendo mi móvil no para de sonar, Patry al ver que no pienso ir a cogerlo va hacia mi habitación y me lo trae, es Héctor quien llama, no pienso coger la llamada, también tengo varios mensajes, no pienso leerlos, pongo el móvil en silencio y lo dejo encima de la isla. Recojo la mesa, y me voy al baño, esta vez lleno la bañera hasta arriba, le echo sales de baño y me meto. ¡Qué paz dios mío! Esto es lo que me hacía falta. No quiero pensar en nada, no quiero pensar en Javier.

—Gaby, Gaby, despierta, te vas a quedar como una pasa —Me he quedado dormida, menos mal que Patry me ha despertado.

—Venga, vamos a la cama, estás agotada amiga, y no es para menos, después del día de hoy… — me seco y me meto en la cama desnuda.

Estoy boca abajo en mi cama, tengo la sabana a la altura de los hoyuelos de la parte baja de mi espalda. Héctor está en mi habitación mirándome, observándome, me sigo haciendo la dormida.

Noto cuando se hunde la cama a mi lado, Héctor me quita el pelo de la cara y me acaricia la espalda con un dedo sube y baja despacio, me besa en la frente y lo oigo suspirar.

—Como me gustaría tenerte así en mi cama, Gaby. No sabes cuanto me gustaría tocarte y acariciarte —se levanta y se sienta dónde estaba antes de acostarse a mi lado.

Hago como que me estoy despertando pero sin girarme, estoy desnuda.

—Gaby, no te asustes, soy yo, Héctor. Estás desnuda, así que si no quieres que vea tus encantos, no te muevas.

—¿Y por qué no mejor sales de mi habitación y me esperas en el salón?

—Me gusta verte así, estás preciosa… — cojo la sabana y me la lío al cuerpo antes de sentarme en la cama con la espalda pegada a la cabecera de la cama.

Héctor también está golpeado, ahora lo entiendo todo. Héctor fue a buscar a Javier para pedirle explicaciones.

—¿Qué quieres, Héctor?

—Te he estado llamando pero no cogías el teléfono, he llamado a Patry y me ha contado lo que pasó anoche, por eso he venido a hablar contigo —

lo miro dudosa no sé qué me quiere decir, yo ya lo que tenía que decirle se lo dije ayer.

¿Y si lo intento con Héctor? A lo mejor puedo llegar a conseguir olvidar a Javier, después de lo que le dije anoche no creo que quiera volver a saber nada de mí, y mejor así, se lo agradecería, pero echo tanto de menos sus manos, su boca en mi cuerpo, sus caricias, como me folla… Héctor, al ver que sigo mirándolo sin decir nada prosigue.

—He venido a contarte que ayer fui a ver a Javier.

—¡Oh! ya me he dado cuenta, os peleastcis como dos niños por mí, por una mujer que apenas conocéis, me has decepcionado, Héctor. No esperaba eso de ti…

—No es lo que parece, Gaby. Sí, vale, nos hemos dado unos cuantos puñetazos mutuos, pero eso fue después de hablar con él, solo he venido a decirte que puedes seguir contando conmigo como amigo, que olvides todo lo que te dije ayer —estoy confundida y aturdida.

—¿A qué viene todo esto ahora? ¿Qué quieres decir?, la verdad no te entiendo…

—Quiero decir que ayer fui a decirle a Javi, que dejara de jugar contigo, me dijo que él no estaba jugando contigo, que contigo todo era diferente, y al final le dije que nos habíamos acostado para ver cómo reaccionaba.

—¿Qué? ¿Cómo has podido decirle esa mentira? Ahora va a pensar que soy una jodida puta que va acostándose con todo el que se me pone delante — mis palabras son gritos, estoy muy enfadada ¿Cómo ha podido decirle eso a Javier? ¡Oh dios mío! Ahora sí que todo se ha acabado…

—Tranquilízate, Gaby. Solo quería resolver mis dudas, y ahora que lo he hecho, me quito del medio para que podáis ser felices los dos.

—Explícate por favor, porque ya me estás cansando.

—Gaby, le dije eso para ver lo que él decía, me golpeó —señalándose con un dedo la cara pone una sonrisa amarga y me coge de la mano —después de pelearnos y de que Luis, nos separara, le dije que todo era mentira, pero que si te hacía daño se la iba a ver conmigo. A él le gustas Gaby, y mucho, nunca había visto a mi primo así por una mujer, vas a romper muchos corazones por Madrid —al ver que no contesto se levanta, rodea la cama y me levanta —Solo quiero cuidar de ti Gaby, eres una niña muy dulce, no te mereces que te hagan daño, déjame ser tu amigo… — lo abrazo y le doy las gracias

—Gracias, Héctor. Claro que quiero que seas mi amigo, aparte de lo que pase con tu primo y conmigo, tú siempre serás mi amigo. Dejaré que me cuides y que veles por mi corazoncito —sin soltarlo le doy muchos besos en la mejilla hasta que reímos a carcajadas.

Ahora si estoy feliz, todo se va encaminando, me doy la vuelta y me voy al baño, veo a Héctor mirándome de arriba abajo con la boca abierta, entonces me doy cuenta, se me ha caído la sabana cuando lo he abrazado, pero ahora no es el momento de ponerme histérica por una simple sabana. Además, no seré la única que él vea desnuda. Le guiño un ojo, le doy mi mejor sonrisa y cierro la puerta.

Me doy una ducha y me lavo el pelo, salgo y me pongo una minifalda vaquera que me encanta, y una blusa sin mangas y con escote. Unos tacones rojos al igual que mi blusa. Me seco el pelo, lo tengo hoy más bonito que nunca, muy rizado y muy negro. Me maquillo, cojo mi bolso negro y salgo al comedor. Salgo con mi sonrisa más bonita, la verdad es que estoy muy feliz por haber resuelto ya todo con Héctor. Los cuatro se me quedan mirando, no creen lo que ven. Doy los buenos días

—Buenos días, chicos. Venga, llevadme a algún sitio que os guste, hoy invito yo a comer.

—Vaya, que contenta se ha levantado hoy la morenita, aceptamos tu propuesta —Héctor me sonríe y me guiña un ojo, los demás asienten, cogemos nuestras cosas y nos marchamos.

Pasamos todo el domingo los cinco juntos, Héctor, mi amiga, Luis, Pedro y yo. Comemos en un restaurante japonés, para después terminar tomándonos unas copas en un pub llamado "El Sol". Como colofón final, acabamos el día en casa de Héctor porque ha insistido en invitarnos a cenar.

Cuando Luis nos lleva a casa yo voy subiendo por la escalera al piso, mientras mi amiga se despide en el vestíbulo de Luis.

Llego a la puerta de mi casa y veo a una mujer llorando. Es Ana, aquella mujer que vi el viernes en el despacho de Javier. ¿Qué hace aquí? ¿Cómo ha conseguido mi dirección?

—Buenas noches, ¿Puedo ayudarla en algo? —hago como si no la conociera, pero una mujer como ella es difícil de olvidar.

—Sabía que eras tú, ¡Maldita zorra! Crees que Javier te quiere, pero estás muy equivocada, él solo me quiere a mí —Tiene mirada de loca, parece que ha discutido con Javier y puesto que él ya no la quiere cerca, ha venido a culparme a mí, ¿Será que Javier le habrá hablado de mí?

—No sé de qué me habla señora, no sé quién es, ni que es lo que quiere de mí —se me acerca con mirada asesina y me mira a los ojos.

—Lo que quiero, es que te alejes de él, es mío, estoy embarazada de Javier, y no voy a permitir que me deje por una zorra como tú, ¿Me entiendes? No

113

te quiero cerca o lo vas a lamentar —con eso se da la vuelta y se va, se cruza con mi amiga en el ascensor.

Me he quedado helada, plantada en la puerta del piso, no puedo ni respirar, ¡Está embarazada de Javier! No puede ser, él solo ha jugado con ella, Héctor me ha dicho que él me quiere a mí. ¿Cómo puede ser que la haya dejado embarazada? Lagrimas recorren mis mejillas sin parar, me pego a la puerta y me dejo caer.

Tristeza absoluta

—Gaby, ¿Qué te pasa? ¿Quién era esa mujer? —Patry preocupada me coge de las manos y me levanta. Abre la puerta del piso, me lleva hasta el sillón y se vuelve a cerrar la puerta, se sienta a mi lado en el sillón esperando una respuesta.

—Es la ex de Javier, ¿Te acuerdas cuando el viernes te conté la conversación que escuche con una mujer? Era ella.

—¿Qué quería? ¿Para qué ha venido a verte? ¿Y cómo mierda ha conseguido nuestra dirección?

—Ha venido a decirme que me aleje de él, que él no me quiere a mí, que la quiere a ella... y... —Patry furiosa suelta un bufido.

—¿Y que más, Gaby?

—Me ha dicho que está embarazada de Javier...

—¡Será zorra!, ¿Cómo ha podido venir hasta aquí para decirte eso? —Mi amiga cabreada coge su móvil, sé lo que va a hacer.

—Ni se te ocurra llamarlo, Patry. Esto es cosa mía y de él.

—Claro que lo voy a llamar, esto ya no me está gustando nada.

—Por favor Patry, no lo llames —estoy suplicándole a mi amiga con la mirada.

—No lo voy a llamar porque me lo estás pidiendo tú, Gaby. Pero mañana sin falta voy a ir a hablar con él, a ver qué mierda está haciendo contigo, no quiero que sufras más, cariño. No te lo mereces, eres tan buena... y te están haciendo tanto daño... no lo voy a permitir, Gaby. Eres como mi hermana y ya estoy cansada de todo esto...

—Más cansada estoy yo, Patry. De verdad, muchas gracias. Me voy a la cama. Buenas noches.

Ni siquiera cojo mi móvil, desde que lo deje allí anoche, no me he acordado de él. No he llamado a mi madre para contarle que tal me va todo, tiene que estar preocupada, mañana la llamaré desde la oficina.

Me levanto a las cinco de la madrugada, me quedo mirando por la ventana hacia la carretera, veo un mercedes que me resulta conocido, no, no puede ser de Javier, ¿Qué haría él en mi puerta a las cinco de la madrugada? Desconecto el despertador para que no suene, ya estoy despierta, y no creo que me vuelva a dormir, no puedo parar de pensar en Ana, en todo lo que vino a decirme anoche. ¿Y si fuera verdad lo que me estaba diciendo? Creo que se lo estaba inventando ¿Será posible que algún día tuviera un hijo con Javier? Me encantaría, pero para eso primero tendría que tener una relación con él, y eso lo veo muy difícil.

Me recojo el pelo y me voy hacia la cocina, voy a preparar el desayuno. Preparo el café y saco de la despensa unas latas de fruta en almíbar, a mí y a Patry nos encantan, preparo dos platos con fruta y hago café.

Me armo de valor e intento hacer algo parecido a la masa de los creps, mientras derrito un poco de chocolate al baño María y les echo almendra picada. Cuando tengo todo preparado, son las 7 de la mañana. Me siento en un taburete con una taza de café. En diez minutos, veo a Patry aparecer.

—Buenos días, corazón. ¿Cómo has dormido?

—Bueno... bien, dentro de lo que cabe...

—¿A qué hora te has levantado para preparar todo esto?

—A las cinco —Patry me mira preocupada.

—Gaby, no estás descansando nada, todo el estrés te está causando ojeras... ¿Es que no te has mirado en el espejo?

—No, no me he mirado, ¿qué quieres que te diga? todo esto me sobrepasa.

—Ya lo sé, cariño. Si hasta estás más delgada, y eso que solo hace una semana que llegaste, como sigas así, en un mes vas a usar mi talla.

—Mirándolo bien no estaría mal llegar a usar una treinta y seis, pero no me gustaría caer enferma la verdad, aunque no tengo queja con mi físico, si me gustaría bajar una talla más.

Desayunamos tranquilas, cuando veo que mi móvil está en la mesita baja que hay delante del sofá, voy y lo cojo, llamadas perdidas de mi madre, de Héctor y de Javier, y dos mensajes que me ha dejado mi madre, está preocupada porque no la he llamado en tres días.

Me asomo por la ventana y todavía está ahí el Mercedes, veo que alguien se baja y es él, es Javier, está mirando para mi ventana, me ha visto. Se sube en el coche y se va.

—Patry, cuando me he levantado he visto por la ventana un mercedes, me pensaba que era Javier —Patry confundida me mira.

—¿Has bajado para ver si era él?

—No, no he bajado, pero no creía que era él hasta ahora.

—¿Qué quiere decir hasta ahora?

—Era él, Patry. Acabo de verlo bajarse del coche y mirar hacia arriba, me ha visto, se ha subido en el coche y se ha ido.

—Estará haciendo vigilancia para que la loca de su ex no te haga nada...

—¿Por qué no ha subido?

—No sé, Gaby. Eso tendrás que preguntárselo tú.

Recogemos los platos del desayuno y pongo el lavavajillas, nos estamos quedando sin platos limpios. Me voy a la ducha, me depilo enterita, ya me estaba empezando a salir el pelo y pinchaba.

Me lavo los dientes y me seco el pelo con el difusor. Me lo dejo suelto pero me hago una trenza en cascada desde el lado a lado del flequillo terminando en mi oreja, solo para que no me moleste cuando esté trabajando, me maquillo y me voy al vestidor. Me pongo un vestido ceñido rosa palo con falda tubo hasta las rodillas, unos tacones con plataforma marrones, abiertos por delante, un collar marrón y beis con flores enormes, cuelgan de ellas gotas del mismo color, la más larga queda en mi canalillo, me encanta este collar, me abrocho el reloj Gucci, unos pendientes de bolas marrones y un bolso del mismo color.

Cuando llego al salón me encuentro a Patry con un vestido verde esmeralda precioso. Lleva unos tacones muy parecidos a los míos en negro, un collar precioso negro también, está hermosa, se ha maquillado los ojos verdes, y la verdad es que resalta mucho el color de su iris.

—Qué guapa estás, Patry, hoy Luis, no se va a poder concentrar…

—Por eso lo hago, para que vea lo que tiene delante… pero tú también estás preciosa, cariño, Héctor no se va a poder relajar teniéndote a ti delante, y ya no te digo cuando te vea Javier, se va a volver loco.

—Mientras no me folle encima de su mesa… —Patry se hace la sorprendida a pesar que se lo conté todo, nos reímos y nos vamos en mi coche, esta semana llevaré yo mi coche.

Cuando estamos aparcando, vemos a Luis y a Héctor en la puerta del bufé, cualquiera diría que nos están esperando.

Vamos cruzando la carretera hacia ellos, y se giran a mirarnos, se quedan mirándonos al igual que si fuésemos diosas, como si nunca hubieran visto a dos mujeres tan guapas, eso hace que mi amiga y yo nos miremos, nos guiñemos un ojo la una a la otra, y pongamos nuestra sonrisa más sexi.

—Buenos días chicos —doy dos besos en las mejillas de cada uno, Héctor me retiene unos segundos más de la cuenta y me susurra al oído

—Mmm que bien hueles Gaby, estás preciosa.

—Héctor —lo regaño.

—La verdad es que nunca hemos visto dos andaluzas más guapas que vosotras —Luis siempre halagando.

Las dos asentimos agradecidas y damos las gracias. Hemos llegado temprano y Héctor nos invita a desayunar.

—Chicos, la verdad es que estoy un poco llena, Gaby ha preparado todo un buffet esta mañana para desayunar, pero bueno, un café no se lo niego a nadie...

—Podíais haber invitado a desayunar... — Luis me guiña un ojo y nos dirigimos al restaurante donde comemos todos los días.

Mi amiga se abraza a Luis y van dándose besitos y caricias por todo el camino, Luis le susurra algo en el oído y veo a mi amiga morderse el labio inferior, estos ya están haciendo de las suyas.

—Héctor, ¿Te puedo hacer una pregunta?

—Claro que puedes preguntar, morenita, ahora no sé si vaya a responder — me sonríe y me da un beso en la mejilla.

—¿Que podrías decirme de Ana? —se pone rígido y se para.

—¿Ana? ¿Qué Ana? ¿El último polvo de mi primo? —Hago una mueca de dolor y él se da cuenta de lo que ha dicho. —Perdóname morenita, pero es que es la verdad, para él solo ha sido un ligue.

—Disculpado, pero no vuelvas a decir algo así, me haces daño —él me pone un brazo alrededor de los hombros y me pega a él dándome un casto beso en la sien.

—¿Qué quieres saber de Ana?

—No sé… yo… todo lo que me quieras contar

—Ana es una modelo de ropa interior, han estado saliendo desde hace unos cuatro o cinco meses, bueno, si a eso se le puede llamar salir, quedaban, se acostaban y listo —entramos en el bar y nos sentamos en nuestra mesa de siempre, parece que nos la tienen reservada.

—¿Cómo sabes de la existencia de Ana?

—El otro día me la encontré saliendo del despacho de Javier, parece que estuvieron discutiendo —mi amiga mira a Luis y este me mira a mí.

—Sí, se pelearon hace un mes, pero Javi dice que no para de agobiarlo y que él no ha vuelto a tener nada con ella —le doy una sonrisa de agradecimiento a Luis y le contesto.

—Anoche estaba esperándome en la puerta de la casa mientras tú te despedías de Patry

—¿Cómo? ¿Te hizo algo? —me pregunta Héctor.

—No, no me hizo nada, solo quería hablar conmigo...

—Sí, la muy zorra fue a decirle que Javier no la quería, que estaba con ella, y que estaba embarazada de Javier —. Mi amiga si se está callada, revienta, los dos hombres se me quedan mirando pero no dicen nada. Nos tomamos el café y nos vamos a la oficina.

Viaje de negocios

Llego a mi oficina toda nerviosa, aunque lo intente no puedo, no puedo dejar de pensar en él, sabiendo que él es el dueño de todo esto y que no voy a poder evitar encontrármelo.

Estoy sentada en mi escritorio observando la oficina, ¿De verdad todo esto ha sido una bienvenida? yo creo que es la forma de agradecerme los polvos que hemos echado sin compromiso alguno.

Suena el teléfono, es Javier.

—Buenos días, Gaby, ¿Puedes venir a mi oficina?

—Sí, por supuesto, ahora mismo voy.

Las piernas comienzan a temblarme, algo me dice que no vaya, pero él es el jefe y él manda. Toco la puerta, pero nadie me da paso, vuelvo a tocar, noto un escalofrío recorrerme todo el cuerpo, algo me dice que lo tengo detrás, efectivamente, me doy la vuelta y lo miro.

—Pasa, Gaby, tenemos que hablar —así lo hago, paso y me quedo de pie delante de su escritorio, él se sienta y me hace un gesto con la mano para que yo también tome asiento.

—Bueno Gaby, quería hablar contigo de tu trabajo, me dijiste que hoy lo tendría en mi escritorio y yo por aquí no veo nada... —hace un gesto con la mano moviéndola por encima del escritorio

—¡Oh!, perdona, Javier, se me había olvidado, con todo lo que me ha pasado últimamente, no he pensado en ello.

—¿No has hecho lo que te pedí?

—Sí, claro que lo he hecho, ¿Por quién me tomas? Ante todo primero está mi trabajo... lo demás puede esperar.

Lo dejo con la palabra en la boca, salgo de su despacho y voy corriendo a por las dos carpetas que tengo en el maletín. Una es la que él me dejo con todos los datos, y la otra es la que yo he ido formando con mi trabajo. Voy a la puerta de su despacho y vuelvo a tocar.

—Pasa, Gaby — ¿Cómo sabe que soy yo? ¿Sentirá el mismo escalofrío que yo cuando lo tengo cerca? Entro y veo que está cabreado, sus ojos echan chispas.

—Aquí tienes, Javier —se lo extiendo, él lo coge y lo deja en el sitio más alejado del escritorio, pensaba que lo iba siquiera a mirar por encima.

—¿Por qué no me lo has dicho, Gaby? —estoy confundida.

—¿Decirte qué?

—La visita que te hizo ayer Ana…

—¡Vaya! Aquí las noticias vuelan, pero bueno, que voy a esperar siendo el primo de un chivato como es Héctor…

—Él no me lo ha dicho, Gaby, ha sido Patricia —no digo nada, me siento en la silla y lo miro a los ojos.

—¿Es verdad? —Él sabe lo que le estoy preguntando, niega con la cabeza y suelta una carcajada.

—¿Qué crees? ¿Crees que en éste momento de mi vida, sería tan inconsciente de dejar a Ana embarazada?

—Yo... no sé... estuviste saliendo con ella...

—Ese hijo no es mío —suelto un suspiro y me quedo más tranquila, pero ahora me toca a mí preguntar.

—¿Por qué no has subido a casa esta madrugada?

—Solo quería ver si estabas bien, he estado esperando, y cuando te he visto me he quedado más tranquilo y me he venido a trabajar.

—Ahora te has convertido en mi protector —eso lo digo en un susurro, pero ya estoy cansada. —En eso os habéis convertido ahora todos, ¡En unos putos protectores! —Voy alzando la voz hasta gritar.

—¡Estoy cansada de todo esto! yo no quiero que me protejas, quiero que me quieras, ¡Joder!, solo quiero que me quieras... —me he dado cuenta tarde de lo que he dicho, pero aun así sigo mirándolo; él se levanta y rodea su escritorio hasta ponerse detrás de mí, me acaricia el pelo suavemente, lo oigo resoplar me levanta y me pone frente a él.

Me besa, pero estos besos no tienen nada que ver con los que él suele darme, estoy segura que trata de decirme algo, pero no lo hace, me abraza y me da un beso en el hombro desnudo, no mueve sus manos de mi espalda, no hace por acostarse conmigo, esto es muy raro en él.

—Gaby... yo... —lo interrumpo

—Tú no te enamoras, y por lo tanto no me puedes amar como yo te amo a ti... es eso ¿Verdad, Javi? —No dice nada, no me mira, pero noto un leve temblor en la mano, eso no me impide seguir diciéndole lo que siento. —Esta semana ha sido muy intensa para mí, Javi, nunca nadie me ha hecho sentir todo lo que tú, yo sé que es muy precipitado, pero no puedo evitarlo, lo he intentado, he intentado no enamorarme de ti, sabía que me ibas a hacer daño, pero... te quiero, y si tú no eres capaz de corresponderme, lo siento mucho, pero esto se acaba aquí, no quiero que me sigas lastimando, no quiero que me folles y cuando termines, salgas corriendo intentando olvidarlo, yo no me merezco un hombre cobarde, yo necesito a un hombre que luche conmigo, y tú… tú solo eres un puto cobarde, que tiene miedo al amor, ¿Qué te han hecho para que te comportes así? ¿De verdad no piensas en darle amor a una mujer y algún día llegar a tener hijos? —Siento que me he pasado, mis lágrimas no aguantan más y caen por mis mejillas, me las limpio delante de él.

—No puedo Gaby, y sé que me voy a arrepentir, lo siento…

—Me decepcionas Javier Rodríguez, pero ¿qué puedo esperar de un hombre que solo juega con los sentimientos ajenos?, ya está todo dicho, nuestra relación a partir de este momento es estrictamente laboral —con eso me doy la vuelta y me voy a mi despacho.

Me encierro en él, las lágrimas no dejan de caer, ya sabía yo que me iba a quemar, que este hombre me iba a dejar el corazón hecho pedacitos. Abro el portátil y empiezo a buscar otro trabajo, seguro que aquí en Madrid hay más trabajo que en Almería, no veo nada que me llame la atención.

Esto es una prueba de fuego y tengo que salir sin chamuscarme. Voy a demostrar a Javier que soy capaz de tener una relación solo laboral, de trabajo, ni siquiera quiero ser su amiga, no soportaría verlo besando a otras mujeres, solo de pensarlo, un dolor me atraviesa el pecho y me deja sin aire.

Llega la hora del almuerzo, pero no tengo apetito, Héctor, Patry y Luis han venido a mi despacho, yo no he querido acompañarlos, ellos saben lo que me pasa. Le he pedido a Patry que me suba un súper café de esos gigantes que venden en la cafetería de en frente. Todavía no me ha llamado, no ha venido a buscarme para ver lo que le ha parecido mi trabajo. Intentando olvidar, cojo el móvil y me dispongo a llamar a mi madre.

—Hola, mamá.

—Hola, mi niña, ¿Qué tal va todo por Madrid?

—Bien, muy bien, mamá, mejor de lo que esperaba. Tengo un trabajo que me gusta y un buen sueldo.

—Me alegro que estés bien

—¿Y tú, que tal estás mamá? ¿Bien?

—Sí mi niña, yo estoy bien, pero te echo mucho de menos, me gustaría que vinieses a verme.

—El fin de semana cuando salgamos de trabajar, Patry y yo nos vamos para Almería.

—¿De verdad hija? Me alegraría tanto verte...

—Que sí, mamá, hablaré con Patry dentro de un rato y después te llamo.

—Vale hija, hasta luego.

—Un beso mamá.

Yo también echo mucho de menos a mi madre, siempre estamos juntas, vamos al gimnasio, a la playa, de compras... tenemos una relación de amigas más que de madre e hija. Me va hacer bien pasar unos días en Almería, pasear, ir de compras, tomar el sol en la playa... olvidar un poco a Javier...

Cuando Patry llega con el café, hablo con ella, le digo que este fin de semana voy a bajar a Almería y le digo que me gustaría mucho que me acompañase, ya de paso ve a sus padres.

—Me parece perfecto, le voy a decir a Javier, que nos dé una semana para ir a ver a nuestra familia a ver si así te distraes un poquito — yo asiento, pero no estoy segura de que Javier me dé esa semana a mí, solo llevo unos días trabajando, y que días más intensos.

A las siete de la tarde alguien toca a la puerta de mi despacho.

—Adelante —Javier entra con mi carpeta en la mano.

—Gaby, Patricia ha estado en mi despacho, me ha pedido que os dé una semana libre, que tienes problemas familiares y que como ella es como tú hermana que le gustaría acompañarte.

—Bueno… no es que tenga problemas muy serios, pero llevo muy pocos días aquí como para pedirte unas vacaciones.

—Venía a decirte que sí, que os doy la semana, pero tiene que ser a partir del lunes.

—Muchas gracias, Javier, pero… ¿Por qué a partir del lunes?

—Porque te vienes conmigo a Nueva York mañana, te necesito conmigo en ese juicio, he leído todo esto unas cinco veces, y me has dejado sin palabras, eres estupenda, Gaby.

—Está bien, ¿Cuándo volveríamos?

—Si no se complica nada, para el domingo por la mañana estaremos aquí, y tú ya te podrás tomar tu semana de vacaciones

—Vale, muchas gracias por permitirme conocer Nueva York.

Estoy entusiasmada por ese viaje, siempre me ha gustado conocer sitios nuevos, pero nunca he salido de España, a la misma vez estoy algo nerviosa, no sé lo que pasara allí.

—Bueno, mañana paso a recogerte a las ocho de la mañana, prepara tu maleta, ¡Ah! echa algún bañador, si tenemos tiempo nos daremos unos masajes en el spa del hotel —asiento muy contenta. Quizás en este viaje él se aclare un poco, y me haga el amor.

Cuando llegan las ocho nos vamos a casa, cenamos y Patry se acuesta, está cansada, yo me pongo a hacer mi maleta, todo son vestidos y lencería de encaje, por si acaso, meto un mini bikini con braga de tanga, la cierro, me ducho y me voy a la cama.

Nueva York

Suena el despertador a las seis y media de la mañana, se me ha olvidado desconectarlo, llevo toda la noche dando vueltas en la cama, estoy nerviosa y tengo el estómago un poco revuelto. No sé cómo me irá estos seis días con Javier, pero algo dentro de mí tiene una pequeña esperanza. Voy al baño y me doy una ducha de media hora, cuando me miro en el espejo no me gusta lo que veo, soy toda ojeras y estoy pálida, necesito descansar, todo éste estrés me está pasando factura. Me voy al vestidor y no sé qué ponerme, necesito algo cómodo para ir en el avión, me decanto por unos short vaqueros, una blusa azul, y unos tacones azules también, meto en mi bolso el pasaporte y cuando me doy cuenta ya son las ocho menos diez.

Me asomo por la ventana y Javier está abajo, no lo veo a él, pero ese es su coche. Cojo la maleta, voy al dormitorio de Patry para despedirme de ella y suena el timbre.

—Buenos días.

—Buenos días, Javier —decimos las dos al unísono, le doy un abrazo a Patry y nos vamos.

Cuando llegamos al aeropuerto, no hacemos cola, directamente un hombre muy amable nos dirige a un jet privado.

—¡Guau! ¿Es tuyo? —me dirijo a Javier, él sonríe y asiente con la cabeza.

Cuando subimos al avión, una mujer nos dirige hasta nuestros asientos, todo es precioso, los sillones son de piel beis, y muy amplios, todos dan a la ventana.

Javier me hace una señal para que me siente y él lo hace frente a mí, ya lo que me faltaba, tenerlo delante de mí todo el maldito día.

—Mari, sírvenos un desayuno, por favor.

—Sí, señor —Javier me mira algo serio.

—Gaby, ¿Te encuentras bien?

—Sí, muy bien…

—Tu cara no dice lo mismo ¿Te da miedo volar?

—No lo sé, nunca he volado —asiente, se mete la mano en el bolsillo del pantalón y saca un bote de pastillas, me da dos.

—Tómatelas, eso te relajará y dormirás un poco, yo también lo hago, me da miedo cada vez que me subo a este cacharro.

—¿Y por qué lo haces si te da miedo?

—No tengo más remedio —se encoge de hombros, mientras Mari sirve el desayuno —Toma, échale un vistazo a mi estrategia a ver qué te parece, cuando te de sueño me lo dices —yo asiento, tomo la carpeta y me pongo a leer.

Cojo mi taza de café, pero no he comido nada, tengo el estómago cerrado

—¿No comes nada? —Javier me mira preocupado y le doy la primera respuesta que se me ocurre.

—Estoy a dieta —me encojo de hombros y sigo leyendo, oigo una carcajada de Javier.

—Gaby, a ti no te hace falta, eres preciosa, además, para una buena dieta tienes que tomar un buen desayuno. Recuerda que es la comida más importante del día.

—No tengo hambre, Javier, déjalo ya.

—Tenías que haber empezado por ahí.

No le contesto, ni siquiera le dirijo la mirada, empiezo a tener sueño, no sé cómo, pero me quedo dormida.

—Gaby, despierta —es Javier me está acariciando la mejilla.

Me despierto desorientada, estoy en una cama, es la habitación de jet privado de Javier, él está a mi lado, solo lleva los pantalones, creo que hemos dormido juntos.

—¿Cómo he llegado hasta aquí? Yo no recuerdo…

—Te he traído yo, te habías quedado dormida en el asiento, hemos dormido juntos, pero no te preocupes, no te he metido mano —Suspiro aliviada.

Me siento en el asiento, y me abrocho el cinturón, Javier también lo hace, pero a mi lado. Cuando llegamos al hotel, éste es majestuoso, es muy alto y elegante, vamos a recepción y Javier me da una llave.

—Toma, ésta es la llave de tu suite, la mía está al lado.

—No tendrías que haberte molestado, yo con una habitación normal tengo suficiente.

—Gaby, déjame tan solo cuidar de ti —Hago un gesto despectivo con la mano.

—Javi, yo no necesito todo esto para estar bien.

Subimos a la habitación y Javier me acompaña a la puerta de mi suite.

—Descansa un poco, dentro de una hora vengo a por ti, tenemos que ir a la prisión —Asiento, abro la puerta y la cierro tras de mí.

¡Ohm, que bonito! Hay un salón precioso con unos sillones de piel negra, una lámpara de araña de cristal, es preciosa, una mesa redonda de madera oscura y diez sillas iguales.

Me dirijo hacia la habitación y no me creo lo que veo. Una cama enorme, con un dosel de hierro forjado, hay un jacuzzi en el suelo de la habitación, es todo tan bonito, me gustaría disfrutar de todo esto con Javier, hacer el amor con él en cada rincón de ésta habitación, echo tanto de menos sus besos, sus manos acariciando mi piel... cada momento vivido con él... un suspiro se apodera de mí.

Me meto en el baño y uso la ducha, es enorme, caben diez personas perfectamente, hay también una bañera con patas, y las toallas son tan suaves y esponjosas... Esto es vida. Cuando termino de ducharme me doy cuenta de que no tengo mi maleta, mierda se la ha tenido que llevar el botones a Javier. Cojo el móvil y lo llamo.

—Javi, necesito mi maleta, no quiero tener que ir a la prisión con una toalla liada en el pecho —me cuelga sin decir nada — A los pocos segundos alguien toca a la puerta, es Javier con mi maleta.

—Pasa, puedes dejarla ahí —señalo la habitación.

Él me mira de arriba abajo, llevo el pelo mojado y suelto, enredado, estoy descalza, el me acaricia con la mano el brazo, niego con la cabeza, "no Gaby, esto no puede ser", me hago la valiente y voy hacia la puerta, se la abro y la señalo con la mano.

—Gracias, Javi —él se pasa la mano por el pelo, resopla y se va.

A la media hora están tocando la puerta, debe de ser él, pero cuando abro, me encuentro con un hombre, va vestido con el uniforme del hotel.

—Señorita, me han pedido que le dé esto.

— Gracias —es una nota de Javier.

«Gaby, te espero en el vestíbulo del hotel, no tardes.

Javier».

Dejo la nota encima de la mesa, cojo el bolso y me voy donde él me está esperando. Cuando me bajo del ascensor, lo veo apoyado en una ventana, está con las manos metidas en los bolsillos, me quedo observándolo, es tan guapo... está absorto mirando a la nada. ¿En qué estará pensando? Lleno mis pulmones de aire y voy hacia él.

—Un beso por tus pensamientos. — No sé en qué estaba pensando cuando he dicho eso, él niega con la cabeza y sonríe, tiene la sonrisa más bonita que hayan visto mis ojos.

—No creo que quieras saber lo que estoy pensando, pero si quieres darme el beso… yo encantado

—pongo los ojos en blanco y sonreímos el uno al otro, me pone la mano en la espalda y nos dirige a un BMW que nos espera en la puerta. Me abre la puerta del copiloto y él rodea el coche hasta que se sube al asiento del conductor.

—¿No tienes chófer?

—No me gusta depender de nadie, además me encanta conducir —yo asiento y me pongo a mirar por la ventana.

No se me escapa ningún detalle, hay mucha gente caminando, parecen robots, van sorteando a gente como si nada, hay muchísimo tráfico, pero aun así, llegamos antes de la hora prevista.

Cuando entramos a una sala de interrogaciones, me siento y Javi se sienta a mi lado, se abre la puerta y entra un policía con un preso, el preso tiene toda la cara golpeada, tiene la mirada perdida, me pone nerviosa ese hombre, Javi al darse cuenta me pone una mano en la rodilla y me la aprieta un poco, está diciéndome que me calme, que él no me va a hacer nada.

Javi habla con él, le hace unas preguntas y yo lo observo, cuando termina me mira, quizás quiere que le haga alguna pregunta, yo niego con la cabeza y entonces se llevan al preso. Nosotros volvemos al hotel.

Proposición

Estoy a punto de entrar en mi habitación cuando Javi me coge del brazo, no sé lo que querrá, pero todo esto está siendo muy duro para mí. Trabajar con el hombre que hace tan solo unos días me hizo suya sin importarle nada... no puedo seguir pensando así, necesito una distracción.

—Gaby, mírame —me pone un dedo en la barbilla y me eleva la cabeza hasta que sus ojos topan con los míos —Te recojo a las siete para ir a cenar.

—No, no tengo ganas de salir, yo pediré la cena para que me la traigan a la suite.

—¿Por qué haces esto? Gaby, necesito pasar tiempo contigo, ya que no puedo tocarte, quiero por lo menos tener tu compañía, ¿Es mucho pedir?

—Sí, si es mucho pedir. ¿Tú crees que yo quiero ser tu amiga, Javi? Si estoy aquí es solo por trabajo, te lo dije, si no me quieres como yo espero, no tenemos nada que hacer juntos y menos voy a pasar mi tiempo libre contigo —Javi asiente, me mira y se va.

Siento tanto tener que hacerle daño... pero él no ha sentido todo el daño que me ha hecho a mí, me ha utilizado, se ha acostado conmigo y me ha dejado, ¿Cómo te va a dejar si no habéis estado juntos, Gaby? Mi subconsciente no para de hacerme todas esas preguntas que hacen que me deprima, pero tiene razón, tiene razón porque nunca hemos estado juntos...

Me gustaría tanto vivir estos días con el cómo sí fuésemos pareja... ¿Y si lo utilizo como él me ha utilizado a mí? Total, y no creo que me pueda sentir peor de lo que me siento, no lo pienso más y voy hasta su habitación.

—No te esperaba, Gaby, ¿Necesitas algo?

—He venido a hacer un trato, ¿Quieres saber cuál es? —se hace a un lado dejándome pasar, me da una copa de vino y se sienta a mi lado, en el sillón.

—Claro que quiero.

—Bien, he venido a proponerte que pasemos estos días como si fuésemos pareja, pero cuando el viaje se acabe, todo volverá a la normalidad —Un brillo nace en su mirada, perece que eso es lo que quería, pero no habla, no dice nada, quizá me haya equivocado al proponerle ese trato.

Definitivamente ha sido todo un error; me levanto dispuesta a irme de allí, más avergonzada de lo que fui, mil preguntas me abordan en la cabeza ¿Por qué no acepta? ¿No era eso lo que quería?, al fin y al cabo, todos salimos ganando, yo porque podría disfrutar de su compañía, de sus caricias, de sus besos, en definitiva de él; y él no tiene compromiso ninguno, una vez volvamos al avión, todo volverá a la normalidad.

Estoy girando el pomo de la puerta para salir, cuando noto que está tras de mí, me gira y me besa, me besa como solo él sabe besarme, de esa manera tan salvaje y tan dulce al mismo tiempo… ¡Oh, dios como me gusta! Una mano me la pone en la nuca, mientras la otra viaja hasta mi culo, apretándomelo, y aplastándome más hacia él. Mi subconsciente, en un momento de lucidez me pregunta "¿es esto lo que quieres Gaby?", no lo sé, de verdad que no lo sé, pero lo que sí que sé es que ahora mismo no puedo pensar, los besos, las caricias y todo él, nublan cualquier atisbo de lucidez que pudiera llegar a albergar en estos momentos.

Esta vez no hay prisa, me desnuda lentamente, saboreando el momento, disfrutando el instante, poco a poco me desabrocha los botones de la camisa, por cada botón una caricia, un beso, un suspiro; una vez tengo la camisa desabrochada, posa sus manos sobre mis hombros y deja que se deslice la camisa por mis brazos, hasta caer al suelo, sus manos recorren mi espalda, haciéndome estremecer, pero no me desabrocha el sujetador, sino que busca la cremallera de mi falda, para bajarla lentamente.

Me dejo llevar disfrutando del contacto, de ese fuego que desata en mí; cuando mi falda junto con mi tanga se han reunido con mi camisa me abraza y me da la vuelta, apoyo las manos en la pared y la cabeza en su hombro, dándole paso a mi cuello, un gemido sale de mi boca, cuando sus besos van de un hombro a otro, bajando por mis omoplatos, hasta que su boca llega al cierre de mi sujetador, lo muerde, tira un poco de él y lo suelta, un calambre de placer me recorre todo mi cuerpo, ya los leves gemidos han dado paso a gemidos más profundos, me desabrocha el sujetador, y hace lo mismo que hizo con la camisa, posa sus manos en mis hombros, por debajo de los tirantes y las desliza por mis brazos, dejando libre mis pechos, apoyo otra vez mi cabeza en su hombro, haciendo así que mis pechos suban y los tenga más a mano, los coge y me pellizca un pezón, para luego pellizcarme el otro, ¡Oh dios mío! Como siga así me voy a perder antes de lo que me gustaría.

Noto como se desabrocha el cinturón, y los pantalones, me vuelve a girar y me alza, no lo dudo y me agarro a él rodeándole con las piernas en su cintura y mis brazos en su cuello, apretándome junto a él, notando toda su erección, me aprieta más contra la pared mientras libera toda la erección, la guía hasta mi entrada, y de una sola embestida me penetra, hasta el fondo, y yo grito, grito de puro placer.

—Gaby... me gustas tanto.... Te ves tan hermosa cuando estás excitada... no veía el momento de volverte a ver así, de volver a tenerte así me encanta...

Nos separamos de la pared, me deja caer al suelo dejándome por unos instantes vacía, me coge de la mano y me lleva a su cama , me tumba y empieza a desnudarse él, es la primera vez que lo voy a ver completamente desnudo, que voy a poder disfrutar cada centímetro de su cuerpo.

Su miembro da un salto, no puedo evitar pasar la lengua por mi labio inferior y morderme el labio, lo veo sonreír, creo que se ha dado cuenta. Me levanto y me dejo caer de rodillas delante de él, lo miro y cojo su miembro, sin quitarle la mirada de encima, paso la lengua por su glande, es tan suave y sabe tan bien, recorro todo el largo de su pene hasta la base con la lengua y el gime, sigo frotándoselo de arriba abajo suavemente y chupo sus testículos depilados, los lamo y muerdo suavemente, yo jadeo, creo que me voy a correr solo viendo como disfruta, me llevo una mano a mi botón del placer y lo froto, me meto su pene en la boca hasta el fondo y puedo decir que sus gemidos se oyen en todo el hotel, creo que es su forma de decirme que le encanta lo que le hago.

—Mmm Gaby, sigue así… si…así, no pares —enreda sus dedos en mi pelo y me guía.

Las piernas le tiemblan y sus embestidas cada vez son más profundas y rápidas, está a punto de correrse cuando un latigazo llega hasta mi vientre, me voy a correr yo también.

Sin dejar de frotarme sigo saboreándolo, yo gimo y el gime, me penetra la boca un par de veces más y siento que todo su semen baja por mi garganta, noto su esencia salada y sabrosa bajándome por la garganta y me corro…

—Gaby, ha sido la mejor mamada que me han hecho en la vida —jadeando por el esfuerzo, me levanta me abraza y me tira a la cama.

Me besa, pero estos besos no son los besos que tanto me gustan, estos besos son aún mejores, es tierno y delicado, podría quedarme toda la vida besando estos labios. Va bajando por mi cuello y se deleita con mis pechos, tengo duros los pezones con solo rozármelos con la lengua, siento acercarse otro orgasmo.

Baja con su lengua por mi estómago y se para en mi ombligo, me mete la lengua y después sopla, yo gimo muy alto, me gusta tanto lo que me hace... baja por mi vientre y cuando creo que está a punto de llegar a mi entrada, baja por la parte interior del muslo derecho, mordisqueándome, dándome besitos suaves, y hace lo mismo en mi otra pierna. Pone un dedo en mi clítoris y con la otra mano y dos de sus dedos me penetra.

—Gaby, córrete para mí, necesito escucharte — solo me hacían falta esas palabras para llegar al séptimo cielo, me corro susurrando su nombre.

Abro los ojos y veo esos dos soles marrones mirándome, me besa, me deja sin aliento, me penetra tan despacio, que creo que voy a derretirme, rodeo su cintura con mis piernas para hacer más profunda la penetración y cierro los ojos, me muero de placer, nunca había sentido tanto amor por un hombre.

—Mírame, Gaby, no me apartes la mirada, quiero ver tus ojos cuando te entregas a mí... —gemimos los dos a la vez, me pellizca los pezones, es tanto lo que siento que una lagrima se escapa y rueda por mi sien.

Es porque esta vez no es uno de los polvos que solemos echar, me está haciendo el amor, y me gusta mucho, sus embestidas son cada vez más rápidas y estoy a punto de caer, le acaricio la espalda y clavo mis uñas en él.

—Vamos, nena, córrete conmigo —con tan solo esas cuatro palabras me dejo llevar junto con él.

Se deja caer encima de mí, con su cabeza en el hueco de mi cuello, me está aplastando, pero no me quiero mover, necesito tanto tenerlo así, abrazarlo, tocarlo...

Se levanta y se va al baño pero cuando vuelve se sienta en la cama y se queda mirándome, me pongo algo nerviosa, no sé qué hacer, no sé si irme o quedarme, de momento me levanto y me voy hacia el baño, cierro la puerta y me meto en la ducha. Cuando salgo del baño él sigue todavía ahí, en el mismo sitio donde lo dejé, no dice nada, me empiezo a vestir, el viene por detrás me abraza posando sus manos en mi vientre y me da un beso en el hombro.

—No te vayas, Gaby, dijiste que íbamos a estar igual que una pareja, yo nunca he hecho esto... pero... no voy a salir huyendo esta vez, necesito que te quedes a dormir esta noche conmigo, por favor —asiento despacio.

Dejo mi ropa en una silla y me pongo la camisa que él se ha quitado, voy descalza, me gusta mucho la sensación de pisar el suelo de madera descalza. Abro el mini bar y cojo la botella de vino, lleno un par de copas, y cuando me doy la vuelta lo veo, está mirándome con una sonrisa tierna, me sonríe y acepta la copa de vino que le doy, se ha puesto un bóxer, es tan guapo, tiene un cuerpazo... en definitiva, todo un dios, mi dios griego.

Me voy a la terraza y me apoyo en la barandilla, son tan bonitas las vistas desde aquí, es todo un sueño. Lo oigo hablar por teléfono, pero no sé lo que dice, llega por detrás y me abraza, me caricia, me da pequeños besitos desde la nuca hasta el hombro

—Me gustas tanto, Gaby, eres la mujer más increíble del mundo —me susurra al oído.

No digo nada, bebo de la copa de vino y un suspiro sale de mi interior.

Hacemos el amor otras cuatro veces, me encantaría que esto fuera así de fácil siempre, nos miramos y besamos, todo esto es un sueño, un sueño que se acabará en cuanto volvamos a pisar Madrid, pero me da igual, solo quiero disfrutar de estos días.

Pedimos la cena en la habitación del hotel, cenamos y hablamos de todo, bueno, de todo menos de lo que ha pasado, aun así, me da igual. Me voy al baño y lleno la bañera, ahí volvemos a hacer el amor.

Nos vamos a la cama, no sé si me quiere cerca, me giro y le doy la espalda, el tira de mí, me abraza y deja mi cara apoyada en su pecho, me acaricia el pelo y suspira, no sé cuántas veces suspira, estamos en silencio, no decimos nada, solo sentimos. Cuando estoy a punto de quedarme dormida me habla en susurros

—Nena, no puedo querer a nadie, me da miedo, tengo miedo que todo aquel que quiero, me abandone, no soportaría perderte, por eso no quiero amarte... —no digo ni una sola palabra, el cree que estoy dormida, pero lo he escuchado.

¿Qué le habrán hecho para que se niegue a volver a amar? Está claro que alguien al que él quería lo dejó, lo abandonó sin importarle nada, y ahora él no puede volver a amar. Me quedo dormida con el sonido de sus respiraciones.

Explosión de amor

—Nena, Gaby, despierta dormilona, son las nueve —abro los ojos y lo veo riendo, he dormido como nunca en esta última semana.

—¿Por qué no me has despertado antes? Tenemos el juicio a las tres, necesito prepararme antes de ir.

—¿Has dormido bien?

—Sí, muy bien la verdad, mejor que en toda esta semana —hace una mueca de dolor, él sabe que no he dormido ni comido por su culpa.

—Tengo que ir a mi habitación y ducharme, arreglarme y volver a dar un repaso al caso —me levanto y él me abraza, es tan maravilloso todo esto.

—De momento vamos a desayunar, ah, y ya no es tu habitación, todas tus cosas están en el salón, y tu ropa en el vestidor, he pedido que lo trajeran todo —se ríe y me da un cachete en el culo, lo miro preguntándome por qué ha hecho eso y como si me estuviese leyendo la mente me contesta.

—No me mires así, nena, tú dijiste ayer que íbamos a vivir igual que una pareja, y eso es lo que hacen las parejas ¿no? Viven juntas.

—Sí, es cierto, pero tenías que haberme preguntado primero si quería vivir contigo... no me gustaría verte con ninguna otra mujer... y menos estando aquí viviendo contigo estos días...

—Créeme que la única mujer que hay en mis pensamientos eres tú, no va a haber ninguna otra... venga, vamos a desayunar que me muero de hambre.

Desayunamos y nos vamos a la ducha, ahí echamos un polvo salvaje que me deja sin fuerzas, esos polvos me matan, pero también me gusta que me haga el amor.

Nos vestimos y nos vamos al salón a repasar las estrategias, me pide su opinión sobre las preguntas que va a hacer, yo lo convenzo para que modifique algunas, me dice que le gusta mi iniciativa y que tengo razón.

Nos suben el almuerzo a la habitación.

—¿Es que no piensas sacarme a la calle a que me dé un poquito el aire?

—Me gustaría más hacerte otras cosas… —con risa burlona me guiña un ojo y yo me derrito.

—Esta noche, nena, te voy a llevar a cenar a un sitio que te encantará.

Terminamos de comer, yo me retoco el maquillaje, nos vamos ya al juicio.

Estamos allí unas tres horas y se aplaza la vista hasta la mañana siguiente a las nueve. Nos vamos al hotel y Javi me dice que descanse que el volverá en un par de horas, me tiene tan agotada que no le doy importancia, me desnudo y me voy a la cama. Las sabanas huelen a él, cojo su almohada y la abrazo, huele tan bien mi dios griego, ¡Oh, dios! cuanto lo quiero.

No sé qué hora es, me despierto por que oigo a Javier discutir con alguien por teléfono, voy al vestidor y me pongo unas de sus camisas, en ese momento me doy cuenta de que todas estas veces que nos hemos acostado no hemos usado condón y me da un ataque de ansiedad.

—Nena ¿Estás bien? ¿Qué te pasa? —él me coge corriendo de la cintura y me sienta en la cama preocupado. —¿Estás enferma? ¿Quieres que llame a un médico?

—Javi, yo... no tomo la píldora y... no te has puesto condón —su cuerpo directamente se pone rígido se queda paralizado.

—Javi, yo sé que no quieres tener un hijo conmigo, necesito que me consigas la píldora del día después, no quiero quedarme embarazada, todavía no —se agacha me acaricia la mejilla y me da un beso.

—No te preocupes nena, ahora mismo salgo y te la consigo, no te muevas de aquí.

Un hijo de él solo complicaría las cosas, aunque a mí me encantaría tener un hijo de Javi, lo amo, lo amo tanto que me duele el simple hecho de que todo esto se acabe en unos días. Cuando Javi llega con una bolsa, yo ya estoy duchada y con un vestido de algodón corto. Abre la caja, coge la pastilla y me la tiende con un vaso con agua.

—Tómatela, no te preocupes, Gaby, todo va a salir bien, cuando volvamos te voy a pedir cita con la mejor ginecóloga de Madrid para que te pongan la inyección —me quedo pensativa, ayer le dije que en cuanto volviéramos a Madrid todo esto se acabaría.

—Cuando lleguemos a Madrid, ya no tendremos nada que ver, ¿es que no te acuerdas de nuestro trato?

—Nena, piénsalo bien, yo me siento tan bien cuando estoy contigo... no me gustaría que esto se acabase, me gustas mucho...

—Siempre me dices lo mismo, que te gusto, ¿Es que no entiendes que yo necesito más? Necesito algo a lo que agarrarme, no me gusta que me eches un polvo y luego salgas huyendo como un cobarde... no lo soporto, cuando lleguemos, no quedará nada entre tú y yo, solo seremos compañeros de trabajo.

Sé que soy muy dura, pero tengo que serlo, no puedo dejar que me pisotee, no puedo dejar que me tenga y que me deje cada vez que a él le apetezca.

El asiente decepcionado, un pinchazo me atraviesa el pecho, pero no puedo dejar que me subestime, me duele mucho tener que tratarlo así, tan fría.

—Está bien, nena, será como tú quieras, lo siento, yo pensaba que después de todo lo que hemos vivido estos dos días, las cosas podrían cambiar.

—¿Cambiar?

—Me refiero a que seguiríamos acostándonos juntos.

—¿Y ver cómo te tiras a otras personas? ¿Pero tú quien te crees que soy?, ¿Una de tus modelitos sin corazón? Parece mentira que después de todo no me conozcas, bueno, tampoco puedo quejarme, no sabes nada de mí al igual que yo tampoco sé nada de ti, solo nos acostamos juntos y compartimos trabajo.

—Está bien, Gaby, ya lo he entendido, me estás castigando por cómo te he tratado, pero aun así yo quiero seguir con este trato hasta que tú decidas cuánto dura, ¿tú quieres lo mismo?

—Sí, pero solo hasta que pisemos el aeropuerto de Madrid.

—Bueno, será lo que tú quieras, venga, ve al vestidor y ponte todo lo que te he comprado, te voy a llevar a cenar— Me ducho, me lavo el pelo, y me peino, me hago un recogido parecido al que me hace Patry, el mío es más despeinado, pero aun así estoy preciosa, me maquillo y me voy al vestidor.

Dejo caer la toalla y me quedo desnuda, Javi me da un pellizco en el culo y un suave beso en los labios, sonríe y se mete al baño. Cuando abro la puerta del vestidor, veo un precioso vestido rojo largo, tiene escote corazón sin mangas, ceñido hasta la cintura, y con falda de vuelo hasta el suelo.

Tiene una raja en el lado que llega un poco más arriba de mi rodilla, es precioso. Veo también un conjunto de lencería rojo con liguero y unas medias de seda, me pongo la ropa interior y me pillo las medias con el liguero, dejo resbalar el vestido por mi cuerpo y me subo a unos tacones plateados que también me los ha comprado Javier, cojo el bolso de mano a juego con los zapatos y me voy al salón, quiero que sea una sorpresa, me queda precioso.

Cuando Javier sale de la habitación nos quedamos los dos mirándonos, está tan guapo, lleva un traje negro con camisa blanca y una pajarita negra, es todo un dios.

—¡Oh, Gaby! Estás preciosa, sabía que había acertado con ese color, te sienta muy bien —se acerca y me besa —espera, me falta algo que darte —se va a la habitación y vuelve con dos cajas en las manos, la primera es larga y la segunda es pequeña y cuadrada. —Date la vuelta mirándote al espejo, quiero que veas lo que he elegido para ti.

Veo que abre la caja y me pone una gargantilla preciosa, es muy sencilla pero muy bonita, lleva un solo diamante rodeado de oro blanco, me quedo atónita, sin palabras.

—¡Qué bonito! Pero… no lo puedo aceptar, debe ser carísimo.

—No seas tonta Gaby, es un regalo, y los regalos no se rechazan, solo es un detalle, cuando lo he visto he pensado en ti.

—¿A todas tus *follamigas* le regalas joyas tan caras? —el hace una mueca de dolor y me mira a los ojos a través del espejo.

—Gaby, nunca le he regalado joyas a nadie.

—Gracias, Javi, pero no lo puedo aceptar, si quieres lo llevaré por esta noche, pero después te lo devuelvo.

—Si haces eso, Gaby, me vas a hacer mucho daño, sabes que esto no supone nada para mí, tengo muchísimo dinero y no tengo con quien gastarlo, no hay mejor persona que tú —me posa sus labios en el hombro —espera, falta la otra caja —son unos pendientes, al igual que el collar, son sencillos con un simple diamante, pero muy elegantes.

Me los pone y me gira, me da un beso de esos que me dejan sin aire.

—Gaby, déjame cuidarte, solo te pido eso —no sé qué decir así que solo asiento le regalo una sonrisa y le doy un beso.

Es todo tan irreal, hace tan solo unos días no quería verlo, no quería tener nada que ver con él, y ahora lo es todo para mí, sigo volando alto, pero me temo que el batacazo que me voy a pegar cuando caiga me va a destrozar entera.

Me gusta estar con él, compartirlo todo con él, me encanta cuando es así de cariñoso conmigo. No es frío ni calculador como lo era al principio. Cada segundo que paso junto a él mi corazón se agranda un poquito más.

Cada momento vivido lo atesoro como el mayor tesoro de mi vida, lo amo.

Escena Inédita

Sabía a ciencia cierta, que la cena que estaba a punto de darse, sería uno de los últimos momentos maravillosos que viviríamos en esta hermosa ciudad.

La realidad estaba a la vuelta de la esquina, y en cuanto regresáramos, las aguas volverían a su cauce.

Por un lado, Javier volvería a ser el jefe engreído que había conocido. Y yo... volvería a ser la abogada júnior que se dejaba hacer por cualquier rincón, siempre y cuando el amo, fuera él, Javier.

Estábamos a punto de entrar a uno de los restaurantes más exclusivos de la ciudad. Observaba con premura a cada *celebrity* que pasaba por nuestro lado, apresurados, para que las cámaras que espera-

ban en la puerta del local, no hiciesen ninguna ins-
tantánea de las parejas que las llevaban de la mano.

Eso me causaba dolor. ¿Cómo podía haber personas que escondiesen sus sentimientos?

En estos últimos días, había vivido una explosión
de ellos que ni siquiera podía describir. Jamás había
sentido mi corazón latir desbocado cuando un hombre me rozaba, y eso, solo lo siento con Javi.

La tela de mi vestido flotaba en el aire con suavidad, y el tacto de la mano de Javier, calentaba la
mía.

Me apretaba los dedos infundiéndome seguridad.
No estaba acostumbrada a este tipo de restaurantes,
nunca me había regodeado de personas tan importantes. El típico cantante de pueblo, no era nadie al
lado de alguno de estos personajes.

Un *metre,* nos condujo hacia una bonita mesa
apartada del bullicio de la gente. Esta, estaba decorada con finas telas turquesas de seda, y adornada
con un centro de cristales, acompañado por rosas
frescas en tonos blancos y rosados.

Javier me miraba embelesado.

—No hacía falta que me trajeras a este lugar.

Él sabía que no me sentía cómoda en este tipo de lugares.

—¿Estás incómoda?

—No es eso. Te he repetido en varias ocasiones, que no necesito nada de esto para ser feliz.

—Lo único que quiero, es que jamás olvides esta noche. Nunca, Gabriela. Nunca.

Esas palabras tan convincentes que salían de su boca me dejaron embelesada. Lo cierto es que no podía dejar de pensar en él. En todos estos días que nos habíamos amado sin descanso. Sin prisas. Un nudo se instaló en mi pecho, al saber que todo esto terminaría. Al saber, que nunca más compartiríamos cama, que jamás, volveríamos a dormir abrazados el uno al otro, escuchando los latidos de nuestros corazones acompasados.

Me obligué a sonreír. Era una noche especial y no quería estropear nada, al contrario, quería hacerla aún más especial. Que no olvidase él tampoco aquella noche maravillosa en Nueva York.

Jamás pensé, que alguna vez en la vida pasaría por esto. Por una situación que nadie podía creer.

Enamorarme a primera vista en unos probadores, y mantener sexo con él, ese mismo día. ¿Quién lo iba a creer? Aquello me costó asimilar, ¿quién me iba a decir a mí que acabaría obsesionada y enamorada de un hombre en tan pocos días?

Dejé de pensar en todo aquello que en ese instante, no tenía cabida en mi cabeza. Quería disfrutar de aquellos manjares finos, que Javi había pedido, y que estaba segura que me iban a encantar.

Cenamos en silencio. Ninguno quería romper este momento mágico. Ninguno quería decir la primera palabra, así que lo único que pudimos hacer, fue disfrutar de todo. De nosotros.

Volvimos igual de silenciosos. Lo único que diferenciaba al momento que nos encontrábamos en el restaurante, era nuestros cuerpos. Hablaban pos sí solos. Sufrían ese alejamiento, esa falta de sentimientos y ese vacío que sentiríamos el día que volviéramos a Madrid.

Una vez en la habitación del hotel, no pudimos retrasar lo que era evidente. Pero esta noche todo era diferente, las emociones se colaban por cada rincón de mi ser.

Sus manos acariciaban con suavidad mi espalda, cerré los ojos y solo sentí. Sentí las yemas de sus dedos sobre mis hombros, bajando despacio por el escote de aquel vestido maravilloso. Suspiré al sentir ese tacto tan cálido sobre mi cuerpo hambriento.

Con solo bajar la cremallera del vestido, este cayó al suelo, rozando con sus manos los laterales de mi cuerpo, recorriendo el mismo camino que había bajado momentos antes aquel manojo de tela roja.

Mis sentidos se revolucionaban, sentí como rodeaba mi cintura y suspiraba sobre el hueco de mi cuello.

Quería sentir cuanto antes, toda aquella explosión de sensaciones que se anidaban en mi cuerpo y terminaban por elevarme al séptimo cielo. Lo necesitaba.

Sentí su cálido aliento sobre mis labios, el tacto suave de su boca junto a la mía, y en breve nuestras lenguas danzaban un exótico tango que nos envolvía en un halo de sensualidad brutal. No creía posible que un orgasmo estuviera recorriendo mi espalda.

¿Cómo podía suceder aquello si ni siquiera me había tocado? Todo aquello que sentía, era producto de mis nervios a flor de piel.

Dejó caer mi endeble cuerpo sobre el colchón de la enorme cama, y a continuación, comenzó a dejar suaves besos de mariposa por todo mi cuerpo, deteniéndose así en aquellos puntos que más placer me causaba. Conocía mi cuerpo a la perfección, sabía donde tocar para elevarme hasta lo más alto.

No podía describir como me sentía, aquello era especial, hasta llegar al punto de que mi cabeza comenzara a dar vueltas. Entendía lo que me estaba ocurriendo, estaba absorbiendo todo, me estaba emborrachando de placer.

No me di cuenta en qué momento me había desnudado y se había puesto encima de mí, encajado entre mis piernas como la pieza de un puzle. Mi mente solo escuchaba los gemidos de placer y todos esos suspiros que nos hacían únicos el uno con el otro. Me penetró suavemente comenzando a volverme loca. Bailaba sobre mí, y lo mejor de todo, es que lo hacía mirándome a los ojos y susurrando todo lo que le hacía sentir. En ese instante lo entendí todo: le amaba.

Hechizo roto

Hemos pasado los siguientes días en una burbuja, no hemos dejado de tocarnos y besarnos en todo momento. Pero todo esto se termina hoy.

Estamos en el avión de regreso a Madrid, nos quedan unos minutos para aterrizar. Javi, está tenso, esta rígido, no se me ha acercado desde que nos hemos subido al avión, no sé lo que le pasa por la cabeza, pero sé que a él este momento le gusta tan poco como a mí, tengo que ser fuerte, va a ser muy duro separarme de él después de todos estos días, han sido tan maravillosos.

—Gaby, ven, dame mi último beso, por favor. — su mirada es triste, pero él debe de ser consciente que este momento él lo puede alargar con un simple te quiero, si él me lo dijera, yo lo dejaría todo y me iría con él.

Cuando salimos del avión, no me creo lo que veo, es Ana y viene corriendo hacia él, le abraza y le besa, yo me quedo paralizada, ¿Cómo me puede estar haciendo esto? ¿Acaso todos estos días no han significado nada para él?

—Javi, cariño, te he echado mucho de menos, llevas dos días sin llamarme.

¿Cómo que lleva dos días sin llamarla? ¿Ha estado hablando con ella mientras dormía conmigo? Todo esto debe de ser una pesadilla, no me puedo creer que haga esto... cojo mi maleta y empiezo a caminar, salgo del aeropuerto y me subo a un taxi sin mirar atrás.

Ha sido la decepción más grande desde que me enteré que mi padre tenía otra familia y que nos abandonaba. Llego a casa y Patry está haciendo la maleta.

—¡Gaby! Qué bien que ya hayas vuelto, te he echado de menos, ¿Cómo ha ido todo?

—Patry, date prisa, termina de hacer la maleta cuanto antes, nos vamos ahora mismo para Almería, venga, date prisa, en el camino te cuento todo lo que ha pasado

Me voy a mi dormitorio y rehago la maleta, en Almería no voy a necesitar todos estos trajes que he utilizado para el juicio de Nueva York, que por cierto hemos ganado gracias a mis ideas. Hecho todos mis bikinis, mis playeros y ropa para salir de fiesta, voy a necesitar salir por las noches a olvidar.

Metemos todo en el coche y nos ponemos en marcha. Le cuento a Patry todo lo que hemos vivido juntos, todos y cada uno de los momentos, y por último le cuento lo que me he encontrado al llegar al aeropuerto.

—Gaby, has salido corriendo otra vez, deberías haberle pedido una explicación, después de todo lo que me has contado, no creo que él tenga ganas de volver a estar con Ana.

—¿Explicaciones? Patry, solo me ha bastado con ver la escenita de una mujer recibiendo a su hombre en el aeropuerto después de una semana separados… no quiero volver a saber nada más de Javier, no debería haber propuesto ese trato de mierda —

177

solloza y las lágrimas empiezan a correr por mis mejillas.

Qué tonta he sido pensando que Javier me podría amar. Paramos a comer en Jaén, donde me tomo tres cervezas, lo hago porque mi amiga me ha dicho que no me preocupe, que ella conduce lo que queda hasta llegar a casa.

Paramos el coche en la puerta de mi casa, y salen a recibirnos mi madre y los padres de Patry, nos abrazan y nos besan como si no nos hubiesen visto en tres años, la verdad es que yo también los he echado de menos.

—Mi niña, te he estado llamando para ver cuando llegabas, tienes el móvil apagado.

—Sí, lo he dejado en nuestra casa, esta semana no quiero que nadie interrumpa mis vacaciones, tengo tantas ganas de disfrutar, de ir a la playa, de compras, de ver a nuestros amigos…

No perdemos el tiempo, Patry me ha dicho que se va a casa de sus padres, pero estaremos juntas todos los días, no quiere dejarme sola, dice que necesito distraerme. Cuando me quedo sola con mi madre, nos ponemos a preparar la cena, cenamos las dos solas.

—Mi niña, tienes la mirada triste, ¿estás bien?

—No, mamá, no estoy bien…

A mi madre nunca le he escondido nada, más que madre e hija hemos sido buenas amigas.

—Dime hija ¿Qué ha pasado? ¿Es un hombre? —asiento despacio y me siento en el sofá dando unas palmaditas para que mi madre se siente a mi lado.

—Mami, me he enamorado de un hombre, un hombre que no puede amar a nadie, un hombre al que solo le gusta jugar con las mujeres. Lo quiero mamá, todo ha ido muy rápido pero también ha sido muy intenso entre los dos, me ha hecho sentir la mujer más feliz y especial que nadie hasta ahora ha podido, me ha dejado en las nubes y sin apetito, me ha dejado el corazón hecho pedazos —se me escapa un suspiro y unas cuantas lágrimas, mi madre me las seca con el pulgar de su mano y me coge de la cara para que la mire.

—Hija, si ha sido todo tan intenso como tú dices, ese hombre tiene que sentir algo por ti, no puede ser que él solo haya jugado contigo, tienes que gustarle al menos, mi niña. Solo te digo que para que llegue el amor de tu vida, tienes que sufrir otros amores, otros abandonos, pero tienes que ser fuerte, no te puedes dejar consumir por nadie, mírame a mí, tantos años que he estado con tu padre y me ha dejado, incluso ha tenido otra familia a la par que nosotros... —mi madre tiene razón, pero es que todo esto es muy duro, como si me estuviera leyendo la mente sigue hablando —yo sé que es muy duro que alguien a quien amas no te quiera, que tú creas que te está haciendo el amor mirándote a los ojos, y que luego le haga lo mismo a otra mujer.

—Pero mami, yo creía que él me quería, me trataba tan bien, yo no quiero pensar que todo eso lo ha hecho con otras mujeres.

—Hija, si ese muchacho es para ti, te buscará, te dirá todo lo que siente, te dirá que eres la única mujer que más ha amado en su vida, pero si no lo hace, no supliques, ningún hombre se merece que una mujer suplique por amor. No dejes que te destruya, no lo veas, intenta alejarte de él, porque si no... te va a hacer mucho daño, y te lo digo por experiencia.

Mi madre con todo lo que me ha dicho a dado por terminada la conversación, ha sido sincera, a veces necesitamos que alguien más nos de consejos, alguien que más o menos ha pasado por lo mismo, y ella es una luchadora, por salir adelante ella sola, por intentar olvidar a mi padre, aunque no lo haya olvidado del todo, esta vez la veo mucho más alegre, con ganas de vivir, y eso significa que ha aceptado todo lo que ha ocurrido.

Cenamos y yo me voy a mi habitación, lleno la bañera de agua, echo sales y enciendo unas velitas con olor a vainilla, me sumerjo y me quedo una hora en el baño. Cuando salgo me pongo un vestidito de algodón azul. Tocan a la puerta, es mi madre, me mira con los ojos brillantes.

—Hija, ha venido a buscarte, creo que deberías hablar con él, dice que tiene algo que decirte.

Mi corazón da un vuelco, me late a mil por hora, no sé si recibirlo, después de todo tendría que escuchar lo que me quiera decir, sin cambiarme ni nada bajo al salón y mi madre me dice que se va a casa de una vecina a jugar al bingo y a beberse unas copas.

—¿Qué quieres, Javier? ¿Para qué has venido hasta aquí?

—Necesitaba verte nena, necesitaba explicarte que ha sido lo que ha ocurrido en el aeropuerto, no podía dejar que te fueras así de mi vida —le señalo el sofá

—Siéntate, ¿quieres una copa?

—Sí, gracias —me voy a la cocina y me agarro a la encimera, no puede ser que el este aquí.

¿Cómo ha conseguido mi dirección de Almería? ¿Por qué sigue diciéndome nena? Cojo dos copas de balón y le echo cubitos pequeños, en uno echo whisky solo y en el otro vodka negro, vuelvo al salón, le tiendo una y él se lo bebe de tirón, alzo las cejas sorprendida, y le pregunto si quiere más, el asiente, voy a la cocina y cojo la botella de whisky.

—Nena, lo que has visto, todo lo que a dicho Ana, no es cierto, yo nunca la he llamado, nunca la había visto desde aquel día en la oficina ¿te acuerdas? —yo asiento, pero no le contesto, quiero dejar que se explique, no quiero interrumpirlo. —No sé cómo, pero se ha enterado que estábamos en Nueva York juntos, y que volvíamos hoy en la mañana, yo me he quedado paralizado cuando la he visto, no he podido reaccionar, cuando he visto que te subías a un taxi, me he puesto furioso, le he chillado a Ana y le he dicho que no quería saber nada de ella, Ana sabe que me gustas, se lo he dicho mil veces, pero ella no quiere entender eso, por eso lo ha hecho — asiento y respondo

—Está bien, Javier, te creo, te creo porque sé cómo es Ana —No sé por qué, pero le creo de verdad, es una arpía y haría lo que fuese necesario para tener lo que quiere, Javier me coge de las manos y me las besa.

—Nena, necesito que me creas, yo… me gustas mucho, y si no quieres que te cuide y que estemos juntos lo acepto, pero por favor no me quites tu amistad, sería lo único que me mantendría a flote.

—Javi, yo no sé si quiero ser tu amiga, todos estos días han sido maravillosos, no tenía que haberte propuesto ese trato.

—¿Te arrepientes? —Su mirada se ha congelado, ya no brilla.

—No, no me arrepiento de nada de lo que ha pasado, Javier, ha sido maravilloso, pero te quiero, y todo esto me hace daño, ¿Cómo crees que voy a dormir ahora si no te tengo a mi lado, abrazándome y besándome? No me lo tenía que haber permitido Javi, lo único que he hecho ha sido partir otro pedazo de mi corazón —él se arrodilla delante de mí, me coge la cara con sus manos.

—Nena, yo no sé si lo que siento por ti es amor o no, yo no me puedo permitir volver a querer a nadie, porque la única persona que he amado me ha abandonado, lo he pasado tan mal que no quería que me volviera a pasar, es por eso por lo que no puedo quererte, si lo hago y algún día me dejas, me muero Gaby.

—¿Quién fue, Javi? ¿Quién te hizo tanto daño para no permitirte ser feliz? ¿Quién te arrebató tus ilusiones, tus sueños, tu amor?

Corazón blindado

—Mi madre, ella me lo enseñó y me lo dio todo, y un día me lo quitó, me quitó todo lo que me enseñó, se fue y me abandonó, me dejó con mi padre y nunca más supe nada de ella...

—¿Está muerta?

—No lo sé, no he querido saber nada de ella, ha sido la única mujer que ha entrado en mi corazón, y también fue la que al abandonarlo, lo cerró con llave y se la llevó con ella.

—¡Oh, Javi! lo siento tanto, perdóname, yo solo quería que me quisieras, déjame ayudarte a romper la cerradura de tu corazón, por favor, te amo Javi, solo quiero estar contigo.

Él se levanta y abre la puerta, se gira y me mira.

185

—Lo siento, Gaby, no sé si podré llegar a quererte, no quiero hacerte lo que me hicieron a mí, no quiero dejar tu corazón vacío —se va y cierra la puerta.

Rompo a llorar igual que una niña pequeña, ¿Cómo ha podido venir, decirme todo eso e irse así sin más? ¿Acaso no ve que él también me quiere? él me ama tanto como lo amo yo. ¿Por qué no quiere estar a mi lado? Todo es culpa de ella, de su madre, le ha dejado marcado de por vida, ¿Cómo pudo hacerle eso a su hijo? Se lo ha arrebatado todo, todo lo que una persona puede llegar a tener, sueños, ilusiones, una familia, amor… no le voy a perdonar jamás que le haya arrebatado eso, nunca le voy a perdonar que me haya dejado destrozada. Mi madre entra con Patry al salón y me ven llorando, corren a abrazarme y así nos quedamos una media hora, consolándome, susurrándome, dándome besos, no preguntan, pero aun así cuando me tranquilizo, empiezo a hablar.

—Él me quiere, me quiere pero por su culpa no puede estar con alguien a quien ama, por su culpa no tiene sueños, ni ilusiones, y tampoco podrá ser feliz nunca...

—¿De quién es la culpa, hija? —me miran con cara de duda, no saben de lo que estoy hablando.

—De su madre, su madre se lo dio todo y luego se lo arrebató, como él dice, le llenó el corazón, y cuando lo abandonó, lo cerró con llave y se la llevó, se lo dejó vacío, se lo quitó todo.

Las tres comenzamos a sollozar, ellas saben de lo que hablo, debe de ser muy duro pasar por todo eso, debe de ser muy difícil contar algo así, sí él lo ha hecho es porque me quiere. Nos bebemos la botella de vodka negro y la de whisky, no decimos nada, solo bebemos las tres, como si el alcohol pudiera hacerme olvidar todo lo que me ha dicho. Mi madre se va a su cama y Patry y yo a la mía, nos dormidos sin ninguna dificultad.

Cuando me despierto, tengo a mi amiga roncando a mi lado con la boca abierta, no sé por qué eso me hace soltar una carcajada, me duele mucho la cabeza, anoche nos pasamos bebiendo y el resultado de ello es esta terrible resaca. Voy al baño a darme una ducha larga, me pongo mi bikini negro y un playero rojo que me gusta muchísimo.

Voy a mi cama y despierto a Patry, hace lo mismo que yo, se ducha y se pone un bikini mío y un playero, cogemos unas toallas, una nevera llena de refrescos, y algo de comida.

Nos montamos en el coche y nos vamos a la playa.

Cogemos un moreno rojizo, nos hemos tostado al sol, llegamos a mi casa a las ocho de la tarde. Patry se va a su casa, quedamos en cambiarnos, para irnos a cenar y tomarnos unas copas.

Cuando bajo a la cocina, mi madre me mira asombrada, no se cree que vaya a salir a divertirme.

—Hija, estás guapísima, has perdido unos kilitos, pero sigues viéndote tan bonita como siempre.

—Gracias, mami, tu siempre mirándome con buenos ojos.

Patry llega a recogerme en mi mini, se lo ha llevado a su casa, nos vamos a Mojácar, está a unos cuantos kilómetros, aun así nos quedaremos a dormir en el hotel de una amiga nuestra.

Mojácar, está en todo su apogeo. Es junio, y en verano, toda la fiesta que hay aquí es increíble. Vamos a cenar a un asador, todo es exquisito, nos tomamos dos botellas de vino cenando, nos dejamos un pastón allí, pero nos da igual, no sabemos cuándo podremos volver a repetir todo esto.

El vino se nos ha subido a la cabeza, y yo no puedo dejar de pensar en Javier, me duele tanto todo lo que está pasando, por eso esta noche pienso emborracharme, por lo menos me servirá dejarlo todo a un lado durante unas horas.

—Gaby, no sé si debería decírtelo, pero Javi está aquí, está con Luis.

—¿Cómo que está aquí? ¿Cuándo pensabas decírmelo? ¿Tan mala soy contigo, que no eres capaz de decirme algo tan importante para mí?

—Espera, Gaby, no sabía si decírtelo, no sabía cómo te iba a sentar enterarte.

—¿Qué hace aquí?

—Él no quería irse, lo está pasando muy mal, Gaby, me ha quedado claro que él está enamorado de ti, solo quería despejarse un poco y se ha venido a pasar unos días con Luis a Mojácar.

—¿Por qué no quiere estar conmigo si me ama? Solo quiero estar con él y ser feliz, ¿Qué tengo que hacer para que el venga hasta a mí y no se quiera separar el resto de sus días?

Comienzo a llorar, no puedo soportar esta opresión que tengo en el pecho, no puedo ni respirar, mi amiga me sienta en un banco del paseo para tranquilizarme.

—No te lo tenía que haber dicho, lo siento, me siento tan mal cuando te veo así, no sé qué hacer para que te sientas mejor.

—Lo mejor que podemos hacer es meternos en una de esas discotecas, emborracharnos y bailar hasta que se haga de día.

—¡Eso está hecho!

Nos metemos en Mandala, saco cien euros y nos pedimos una botella de vodka negro, empezamos a beber, a bailar y a reír sin parar, cuando nos hemos acabado esa botella, Patry pide otra y me trae una copa.

—Patry, no sé si se te ha olvidado, pero vamos a brindar por mí, porque el viernes es mi cumpleaños.

—¿Cómo se me iba a olvidar tu cumpleaños? ¡Estás tonta, Gaby! —Nos miramos y soltamos una carcajada —El viernes vendremos otra vez a celebrar tu cumpleaños, aquí hay fiesta todos los días.

Seguimos bebiendo y bailando hasta las cinco de la madrugada, cuando salimos de la discoteca no nos podemos mantener en pie y de pronto veo a Luis, se acerca a nosotras y el corazón se me acelera de tal forma que creo que me va a estallar, miro a todos lados, pero no veo a Javier, me da dos besos y a mi amiga la coge por la cintura y le da un beso de película y cuando se separa nos mira.

—Muy bonito, estáis que no podéis ni caminar ¿Cómo pensabais llegar al hotel? —Lo miro confundida. ¿Cómo sabe que íbamos a ir a un hotel? Ya no me cabe ninguna duda de que Patry ha estado hablando con ellos en todo momento. La miro ceñuda, ella sabe lo que mi mirada indica.

—Gaby, él me llamó y me dijo que lo mantuviera al tanto de todo, lo siento, estaba tan destrozado

—hasta aquí hemos llegado, eso sí que no pienso tolerarlo.

—¿Alguien ha pensado en cómo me siento yo? ¿Alguien ha pensado si yo estoy destrozada o no? ¿Qué mierda quiere Javier de mí? Todo lo que tengo ya se lo he dado, ¿Qué más quiere? — grito sin parar, me va a dar un ataque.

Todo el mundo me mira, todas y cada una de las personas me dedica una mirada de pena.

—¡Oh, genial! Eso es lo que me faltaba, que todo el mundo sienta pena de mí —miro a mi amiga cabreada. —Puedes irte con tu príncipe azul, yo me quedaré en la playa hasta que se me pase todo esto que estoy sintiendo, no podría dormir con una traidora, hasta que no me tranquilice, no.

Me quito los tacones y empiezo a caminar hacia la orilla de la playa, me quito el vestido y me doy un baño, sí, lo sé, estoy en tanga y sujetador, pero me da igual, podría pasar por un bikini perfectamente. Empiezo a nadar y nadar hasta cansarme, me dejo llevar por la marea del mar flotando boca arriba y llorando.

Cuando abro los ojos el sol ya está saliendo y me doy cuenta de que me he alejado un poco, salgo a la orilla y comienzo a caminar, una media hora después cuando estoy llegando al punto donde está mi vestido, lo veo, ahí está mi dios, sentado en la arena, mojado y con la cabeza apoyada en sus rodillas, ha venido a buscarme, me acerco sin decir nada y el levanta la cabeza y me ve, se levanta y corriendo viene hacia a mí.

—¿Estás loca, Gaby? ¿Dónde coño estabas? Te he estado buscando, creía que… creía que te habías ahogado o algo —las lágrimas no paran de caer por su rostro, me abraza tan fuerte que me va a cortar la circulación, no sé por qué, pero eso me devuelve a la realidad, él no me puede querer, solo quiere que sea su amiga, me separo de él y me pongo mi vestido.

—Estoy bien, solo he ido a nadar un poco y me he dejado llevar por la marea, no me ha comido ningún tiburón, ni me he ahogado, ahora que ves que no me ha pasado nada, puedes irte —me coge la cara con sus manos y me acaricia.

—Nena, no puedo vivir sin ti, sin tus besos, sin tus caricias y sin tus sonrisas, no puedo dormir, no dejo de pensar en ti —mis lágrimas ruedan por mis mejillas, él me las limpia con un dedo y me besa, es un beso de amor, un beso tierno, un beso de esos que me hacen vibrar y me llegan al corazón —no sé en qué momento me he enamorado de ti, no sé siquiera como has roto ésta cerradura —se señala con un dedo el pecho —pero lo que sí sé es que no quiero separarme de ti nunca más, ha sido el peor día de mi vida, cariño, te quiero, no quiero que me dejes nunca, por favor —no puedo dejar de llorar, este momento es lo que tanto había esperado.

—Yo también te amo, no tengas miedo a ser feliz.

El pasado vuelve

Pasamos juntos hasta el sábado, me ha pedido que me vaya a vivir con él, pero le he dicho que por ahora no, que nos tomemos nuestro tiempo conociéndonos. Hemos celebrado mi cumpleaños muy a gusto, con la familia más cercana y los amigos más íntimos, todos han conocido a Javier y a Luis como nuestras parejas.

Javi me ha regalado un fin de semana para dos en un spa, un circuito romántico, lo usaré dentro de unas semanas con él. En todo estos días no ha dejado de amarme, de besarme y acariciarme, al final mi madre invitó a pasar a Javier y Luis esos tres días en nuestra casa, comimos, reímos, salimos de fiesta, íbamos a la playa, todo lo hacíamos juntos, estábamos en una burbuja, flotando en el séptimo cielo.

Mi dios griego y yo hemos pasado los tres días más felices de nuestra vida. Mi madre, Patry y yo, vamos a despedirlos al aeropuerto de Almería, nos despedimos entre besos y abrazos, Javi antes de irse mira a mi madre, le da su sonrisa de anuncio y me mira.

—Nena, te espero mañana cuando llegues, llámame, tengo una sorpresa para ti.

—Sí, mi madre me ha dicho que se viene a pasar una semana con nosotras a Madrid —mi madre mira a Javi y le guiña un ojo.

Volvemos a mi casa y pasamos el día en la playa.

Mi madre, mi amiga y yo, estamos tumbadas en las hamacas tomando el sol cuando suena mi teléfono.

—Nena ya hemos llegado, estamos en el bufete poniendo al día todo lo de esta semana, la verdad es que mi primo y Pedro se han encargado de todo.

—Que bien cariño, así mañana tendremos la noche para nosotros.

—Sí, de eso te quería hablar, mañana quiero que te vengas a mi casa por la tarde, quiero que te traigas la ropa que te regalé en Nueva york y todo lo demás, estaremos la tarde juntos y después iremos a cenar, ¿te parece bien?

—Ah, ya no es una sorpresa, ya me has contado lo que vamos a hacer.

—Si hay una sorpresa, cariño, ¿acaso crees que soy tan tonto como para contártelo?

—Bueno está bien, luego te mando un mensaje, te quiero.

—Te quiero, nena.

A las ocho de la tarde recogemos los bártulos y nos vamos al restaurante de Juan, él es mi ex jefe, le da alegría tenerme por allí de visita, nos atiende él mismo, nos pone todo tipo de tapas exquisitas, la cerveza y el vino no falta, hago una foto a la mesa y se la mando a Javier con un mensaje:

«Cariño, mira que bien me alimento, aunque me gustaría más saborearte a ti, estoy deseando verte mañana, no puedo esperar a tenerte dentro de mí».

A los pocos minutos el móvil suena y es un mensaje de él:

«Nena, yo también estoy deseando tenerte aquí conmigo, te echo mucho de menos, yo estoy en mi

casa con Héctor, Luis y Pedro. No veo el momento en que nos saboreemos juntos. Te quiero».

Una sonrisa de felicidad se apodera de mí, estoy tan feliz, por fin lo tengo conmigo, a mi lado, amándome como tanto he añorado. Terminamos de cenar y nos despedimos de Juan. Cuando llegamos a casa, Patry se lleva mi coche y se va a la suya, queda en recogerme a las diez para volver a nuestro piso en Madrid. Mi madre y yo nos duchamos y nos ponemos a ver una peli.

—Mi niña, despierta, venga, vámonos a la cama, cariño.

—Mmm me he quedado dormida, estoy tan cansada…

Nos vamos cada una a nuestra habitación, pongo mi despertador a las siete y me dejo caer en la cama. Al despertarme oigo unas voces, mi madre está discutiendo con alguien. Me levanto corriendo de la cama, me pongo un vestido de algodón y bajo la escalera.

Roberto está discutiendo con mi madre, está cabreado, le está gritando a mi madre incoherencias y eso no lo voy a permitir.

—¿Qué haces aquí? ¿Qué haces tratando así a mi madre? Vete ahora mismo de mi casa si no quieres que llame a la policía, ya me tienes harta Roberto, me estás acosando, te voy a denunciar y a pedir una orden de alejamiento —Se me acerca, me coge por los hombros y me zarandea.

—¡Eres una maldita zorra! Me dejas, te vas y ahora estás paseándote por ahí con un riquillo, se están riendo de mí Gaby, y no lo voy a permitir.

—Yo estoy con quién me da la gana, me paseo con quien quiero y follo a quien me apetece —me da un puñetazo y me parte el labio, caigo al suelo de culo. —Eres un maltratador hijo de puta, ¿Cómo quieres que esté contigo si mira lo que haces? Estas así porque no te quiere nadie, ¿a cuántas mujeres has golpeado? ¡Dime! ¿A cuántas, cabrón de mierda? —mientras estaba discutiendo con él mi madre ha llamado a la policía y a Patry, se va hacia la puerta y la abre para que cuando llegue la policía, pueda pasar.

—Eres una puta de mierda, Gabriela, te voy a hacer la vida imposible, levántate, te vienes conmigo —me coge del brazo y me levanta sin ninguna dificultad.

—Yo no me voy contigo a ningún sitio, ni muerta volvería contigo, eres un hijo de puta que lo único que sabe es abusar de las mujeres —me suelta otro puñetazo, esta vez en la nariz, empieza a salirme sangre a chorro, mi amiga aparece con sus padres y la policía, corre hacia mí, se tira al suelo conmigo.

—Gaby, ¿estás bien? ¡Oh, estás sangrando! —se gira hacia Roberto que en ese momento lo está esposando la policía, coge un cenicero de la mesa y se lo estampa en el ojo. —Eres un hijo de puta, Roberto ¿Cómo has podido hacerle eso a Gaby? Ella te ha respetado, y en su momento te quiso, déjala hacer su vida ¡cabrón, asqueroso!

El otro policía agarra a Patry mientras el padre de ésta le suelta un puñetazo a Roberto y le parte la nariz.

—No te vuelvas a acercar a ninguna de ellas, porque te juro que como lo intentes, te mato.

La policía se lleva a Roberto y llaman a una ambulancia, me llevan al hospital, me meten en un quirófano de urgencias para operarme la nariz. Me despierto y veo a Javier a mi lado.

—Nena, ¿Cómo estás? ¿Te duele mucho?

—Sí, me duele bastante, dame un poco de agua, por favor —Él se levanta y me pone una pajita en los labios bebo un poco y lo miro.

—¿Qué haces aquí? ¿Cuándo has llegado?

—Cuando te han metido en la ambulancia, Patry, me ha llamado, he cogido el jet y he llegado aquí hace un par de horas, cuando he llegado tu madre me lo ha contado todo, no te preocupes nena, he llamado por teléfono a comisaría y he puesto la denuncia, tienes al mejor abogado del país a tus ordenes —me guiña un ojo y me sonríe burlón.

—Cariño, te quiero, gracias por estar aquí conmigo.

—Gracias a ti por permitírmelo —Me da un besito en la comisura del labio con cuidado para no hacerme daño.

—¿Cuándo me dan el alta? Quiero irme a casa, no me gustan los hospitales —me levanto y me mareo.

—Espera, nena, con cuidado, voy a llamar a la enfermera para preguntarle, siéntate ahí y no te muevas.

A los quince minutos viene con una sonrisa de oreja a oreja.

—Nos podemos ir a casa, el médico me ha dado el nombre y el teléfono de un amigo suyo para que te vea en Madrid, venga, vamos a vestirte que nos vamos a casa.

—Siento mucho haber arruinado mi sorpresa Javi, no sabía que esto iba a pasar.

—No te preocupes, cuando ya estés recuperada iremos a cenar, y te daré tu sorpresa, aunque bueno… mi padre quiere conocerte ya, me ha llamado por teléfono y le he contado todo lo que ha pasado, ha dicho que lo siente mucho y que cuando volvamos le gustaría conocerte.

—¿En serio? ¿Le has dicho que estás conmigo? —el asiente y me sienta en sus rodillas.

—Le he dicho que estoy con la mujer más maravillosa del mundo, que te amo como a nadie, evidentemente él quiere conocer a la afortunada.

—¿Y si no le gusto?

—No seas tonta nena, tú le gustas a todo el mundo, y eso es algo que me va a llevar a la locura.

Me lleva hacia el baño y me ayuda a vestirme y a arreglarme, salimos del hospital y vamos a casa de mi madre. Cuando llegamos está todo el mundo esperándonos, Patry con sus padres, mi madre, Luis, Pedro y Héctor.

—¿Qué hacen aquí Pedro y Héctor?

—Han venido conmigo, cuando Patricia me ha llamado estábamos juntos y estaban tan preocupados por lo que tu ex te había podido hacer que se han venido conmigo —asiento agradecida.

Todos me saludan y me dan besos y abrazos, me preguntan cómo estoy y yo doy las gracias. Héctor coge mis maletas y las de Patry y las mete en un BMW.

—Héctor, métalas en mi coche, me las llevo yo.

—Nena, tu coche se lo llevan Patry y Luis, tú te vienes en el avión conmigo, Héctor y Pedro.

—¿Mamá, es que tu no vienes?

—No hija, tengo que quedarme aquí, por lo que la policía pueda necesitar, cuando ya no me necesiten más te llamaré para que vayas a recogerme al aeropuerto.

—No te preocupes, nena, yo voy a cuidar de ti, hasta que no estés bien no me moveré de tu lado —.

Nos despedimos, nos montamos en el coche y nos vamos al aeropuerto.

Confesiones

Llegamos a Madrid, nos bajamos del avión y nos subimos al coche de Javi.

—Nena, te vienes a mi casa —asiento afirmativamente.

—¿Y Patry, se va a quedar sola en el piso? No la puedo dejar sola, Javi.

—No se va a quedar sola, Luis le va a hacer compañía.

Me lo imaginaba, después de todo lo que ha pasado no le he preguntado qué tal le iban a esos dos.

—Están muy enamorados, Gaby, no pueden estar el uno sin el otro, igual que vosotros —pongo los ojos en blanco y sonrío al escuchar las palabras de Héctor.

—Héctor, ya te enamorarás —me mira y se pone tenso, algo se me está escapando.

—Héctor ¿estás con alguien?

—Nena, se está viendo con Gema, la del bufete, y creo que él también está enamorado.

—¡Ah!, ¿Y no pensabas contármelo?...vaya, veo que ya no soy tu amiga ¿eh?

—No seas tonta, Gaby, claro que te lo iba a contar, no ha surgido el momento.

—Bueno, te perdono si mañana me invitas a cenar.

—Cuando tú quieras, morenita.

—Eh, eh ¿Qué es eso de morenita? A mi mujer no la llames así, el único que puede decirle esos apelativos soy yo, ¿me oyes, Héctor? —soltamos una carcajada todos menos Javi, lo miro y ruedo mis ojos.

—Cariño, no te cabrees, él siempre me ha llamado así, y me gusta.

—Bueno está bien, pero dejaros de payasadas con mi mujer si no queréis que os parta la cara.

Todos reímos a carcajadas, cuando llegamos a la casa de Javier me quedo alucinada, es un ático de dos plantas, todo espacios abiertos, la pared es gris clarita y los muebles muy bonitos en negro y blancos, es muy moderna, se parece mucho a la decoración del piso donde vivo con Patry, solo que estos muebles no son del Ikea, la decoración es tan sencilla que me encanta, Javi me mira y sonríe,

—Sabía que te iba a gustar.

—Me quedaría a vivir aquí el resto de mi vida —Javi me da un azote en el culo y me abraza.

—Aquí vamos a ser muy felices, nena.

—Por supuesto que sí, cariño, pero dame tiempo.

Me lleva a su habitación en brazos, cuando me deja en el suelo y miro hacia la cama me quedo alucinada, es prácticamente la misma decoración de toda la casa, una enorme cama y mesitas de noche a juego, éstas son blancas, todo el mobiliario de la habitación es blanco, las paredes grises, y la colcha de la cama en tonos negros y plateados.

¿Cuántas mujeres habrán pasado por esta cama? Hay un gran cuadro encima del cabecero de la cama, está tapado con una sábana, Javi al parecer me ha vuelto a leer la mente y la destapa, ¡Oh, dios mío! Que foto más bonita.

—¡Es preciosa cariño! ¿Cómo lo has hecho?

—Estando en Nueva york se la mandé a Patry, le dije como la quería y que la enmarcara, ella se la dio a Héctor y me la coloco aquí, era una de las sorpresas que te tenía preparadas.

Es una foto que nos echamos en la suite del hotel, acabábamos de hacer el amor y Javi cogió su móvil y nos echó una foto, salimos despeinados pero felices, se ve nuestro amor en la mirada, estamos liados en la sabana y la foto esta en blanco y negro.

—Nena, eres la mujer más especial que ha entrado en mi corazón, más especial que mi madre, todo este tiempo he estado pensando en esto y quiero que te vengas a vivir aquí conmigo, quiero que seas lo último que vea al cerrar los ojos, y lo primero que vea al abrirlos, te quiero Gaby —nos besamos, nos acariciamos, pero no hacemos el amor, no todavía.

Me coge en brazos y yo rodeo su cintura con mis muslos, me lleva al baño y me deja caer hasta que mis pies tocan el suelo. Hay una bañera de hidroma-saje al fondo, una ducha enorme y a la derecha hay un gran cubículo, supongo que será el váter, fuera de este, está el lavabo, un lavabo doble, con un gran espejo que ocupa toda la pared a lo ancho, es todo muy lujoso.

Mientras el llena la bañera yo me voy al dormito-rio y empiezo a desnudarme, abro lo que me creo que es el vestidor y efectivamente es un vestidor como la habitación de grande, al lado izquierdo esta toda la ropa de Javier, sus trajes, sus zapatos, todas sus corbatas y al lado derecho todo está lleno de ropa de mujer, de zapatos maravillosos y trajes. ¿Qué es todo esto? ¿Será de la tal Ana?

Salgo corriendo del vestidor y me lo encuentro sonriendo sentado en la cama.

—¿Te gusta el vestidor?

—¿Cómo me va a gustar si todo está lleno de ro-pa de mujer? ¿Todo eso es de tus modelitos Javi? — él se levanta y cabreado me contesta

—¿Pero qué dices Gaby? Eres la primera mujer que entra en mi casa, todo eso te lo he comprado yo, bueno yo no, Patricia, todo eso es para ti, quería que cuando vinieras a mi casa no te hiciera falta nada.

—¡Oh!, lo siento cariño, pero cuando he visto todo eso me he puesto celosa, pensaba que todo eso era de tus líos, perdóname, por favor —Javi me abraza y me besa, me ha dicho que soy la primera mujer que entra en su casa, no me puedo quejar, he sido la primera en muchas cosas.

—Cariño, pero yo no puedo aceptar todo eso, te ha tenido que costar un riñón y parte del otro.

—Nena, escúchame, eso a mí no me supone nada, tengo tanto dinero que no lo podré gastar en la vida.

—Y aun así sigues generando más ¿no has pensado en abrir una fundación o algo así?

—Tengo varias fundaciones para niños abandonados Gaby, los ayudo a crecer y a que sean alguien en la vida, un lugar para vivir y que nada les falte.

—Mi vida, eres una caja de sorpresas, un maravilloso tesoro —me da un besito en el apósito de la nariz.

—Venga, vamos a darnos un baño.

Se desnuda y yo mientras me meto en la súper bañera, él se queda mirándome.

—Nena, quítate el apósito, después te pondré uno limpio, me han dado indicaciones de cómo cuidarte la nariz.

—¿Y si lo mojo?

—No pasa nada, Gaby, a parte de los puntos te han puesto un pegamento para que no se te abra la herida, además, cada dos días iremos al hospital para que te hagan las curas.

—Está bien —salgo de la bañera y me miro al espejo para quitármelo, cuando la veo me pongo a llorar, me ha dejado la nariz destrozada.

—Shh, no llores nena, no te preocupes, ahora la tienes un poco inflamada, pero se te quitará y volverá a ser la nariz más bonita que he visto en mi vida —me abrazo a él y me consuela.

—Es un hijo de puta, ¿Cómo ha podido hacerme esto?

—No te preocupes cariño, él va a pagar por esto.

—Gracias, Javi, gracias por todo, no sabes cuánto te amo —él sonríe y se mete en la bañera, se sienta y me da la mano para que me meta.

Se sienta apoyado en la pared de la bañera y me arrastra hasta quedar sentada entre sus piernas de espaldas a él, coge la esponja y echa gel de baño, me frota la espalda, los hombros y el cuello, deja la esponja y se echa gel en la mano, apoyo mi espalda en su pecho, ya sé lo que va a hacer, pone sus manos en mi clavícula y va frotando en círculos, va bajando, hasta llegar a mis pechos, hace lo mismo con ellos, sin tocar mis pezones, yo inspiro profundo y gimo.

—Nena, me gustan tanto tus pechos, los tienes grandes y bonitos, me vuelven loco —él sigue, pero esta vez toca con la yema de su dedo mis pezones, yo vuelvo a gemir, me encantan sus caricias, noto su gran erección en mi espalda, a mí me dan pequeños tirones en el vientre, necesito tenerlo dentro, pero no me deja moverme.

Sigue bajando, sus manos masajean mi cintura y mis caderas, no deja de darme besos en el cuello y el hombro, posa una mano en mi pecho y la otra la lleva hasta mi clítoris, yo gimo y el jadea, abro más mis piernas para darle mejor acceso y echo la cabeza hacia atrás para llegar a sus labios. Me penetra con dos dedos y el pulgar frotándome el clítoris, un escalofrío me recorre todo el cuerpo, me voy a correr.

—Venga nena, dámelo, quiero ver cómo te Corres —Me dejo llevar a lo más alto y grito de placer, para lentamente y yo me doy la vuelta, me siento en su regazo y me empalo en su pene, me dejo caer muy despacio, sintiéndolo grande y grueso, acomodándome a él, me chupa los pechos y gruñe.

—Gaby… nena, estás tan apretada, me encanta sentirte sin condón —los dos jadeamos de placer.

—Mañana tendremos que ir a buscar la pastilla del día después —se lo digo entre sonrisas, me mira con esos ojos llenos de amor.

—No te preocupes, me correré fuera.

Seguimos haciendo el amor, él me coge de las caderas y me hunde más en él, es tan exquisito sentirlo de esta manera, yo cierro los ojos y echo la cabeza hacia atrás, no dejo de gemir, no dejo de moverme, voy a por el segundo asalto y estoy muy cerca.

—Mírame Gaby, quiero que me mires siempre, no quiero perder de vista esos ojazos que me vuelven loco —lo miro, el aprieta más una de sus manos en mi cadera y la otra la lleva a mi clítoris,

—¡Oh, dios, Javi! ¡Así, así, no pares por favor! —él sonríe en mi pecho y me besa en la boca.

Entrelazamos nuestras lenguas como nunca, me dejo llevar al placer más exquisito, me da unas cuantas penetraciones más haciendo mi orgasmo mucho más intenso y me levanta de prisa, sale de mí y se corre. Nos abrazamos hasta que nuestras respiraciones se regulan.

—Gaby, eres la mujer más increíble del mundo.

—Te amo, Javi —Con esas palabras salimos del agua, nos secamos el uno al otro y nos vamos a la cama, allí volvemos a hacer el amor unas tres veces más.

Estamos abrazados en uno al otro, mirándonos, y comienzo a acariciar su pecho, tiene un cuerpo de modelo, me vuelve loca, paseo un dedo por sus pectorales y abdominales.

—Nena, si sigues así, mañana no vas a poder caminar, venga, vamos a dormir cariño —me da un beso y apaga la luz.

A los cinco minutos se levanta de la cama.

—¿Dónde vas, Javi?

—Se me ha olvidado ponerte el apósito nuevo, amor —me gusta tanto como suenan esas palabras en su boca.

Me pone el apósito, me da un besito en la nariz y ya sí, nos acostamos abrazados a dormir.

—Nena, despierta, tenemos cita con el traumatólogo.

—Mmm.

—Despierta, dormilona, son las diez de la mañana.

—No tengo que ir a trabajar, Javi, déjame dormir otro ratito.

—Nena, tenemos cita en el hospital en una hora, si sigues durmiendo, no vamos a llegar.

—¿En una hora? ¿Por qué no me has despertado antes?

—Lo iba a hacer, pero estabas tan bonita durmiendo, no podía dejar de mirarte —el encoge los hombros y sonríe.

Me levanto con el estómago revuelto, voy al baño, me ducho, me maquillo un poco y me hago una cola de caballo. Cuando salgo no hay rastro de Javier en la habitación, me pongo lencería azul, unos short vaqueros que había en el vestidor, unos tacones azules y una blusa del mismo color, un poco de perfume y unos pendientes.

Bajo a la cocina y está el desayuno servido, hay sándwiches de jamón de york y queso, tostadas con mantequilla y mermelada, zumo de naranja y café.

—¿También sabes cocinar? ¿Hay algo que no sepas hacer? —él sonríe.

—Sí, pero todo esto lo ha preparado María antes de ir a recoger mis trajes a la tintorería.

—¿Quién es María?

—Es la mujer que se encarga de limpiar la casa y todo eso.

—¿Tienes sirvienta?

—Más que sirvienta, es como una tía, ha estado conmigo desde que tengo veinte años.

—¿Tenías veinte años y ya eras rico? —él asiente y sonríe, pero no me dice nada.

—Venga, Gaby, no seas tan cotilla y desayuna o vamos a llegar tarde.

—¿Soy cotilla por que quiera saber cosas de mi novio? —el niega con la cabeza y se sienta a desayunar conmigo.

—No, cariño, solo era una broma, todo el dinero que tengo lo heredé de mi abuelo materno, aunque mi padre también tiene mucho dinero.

—¿Tu abuelo materno?

—Sí, murió hace diez años y me lo dejo todo, era su único nieto y él decía que me lo merecía, se sentía muy culpable por que su hija me había abandonado cuando tenía quince años —yo abro los ojos sorprendida, sigo desayunando, pero él sigue hablando.

—Me dejó todo, su dinero y sus empresas, son empresas farmacéuticas, aunque yo no quise hacerme cargo de ellas, contraté a un asesor, él sigue lo tiene todo bajo control, yo voy una vez al año a ver cómo va todo, aunque no me hago cargo de ellas, no me gustaría que el imperio que creó mi abuelo se echara a perder, por eso estoy pendiente de todo y voy una vez al año a Italia, allí es donde está la sede principal de la farmacéutica.

Yo me quedo alucinada por todo lo que me cuenta, yo pensaba que todo el dinero que tenía lo había creado él, pero claro, es imposible que un muchacho de treinta años cree un imperio a partir de un bufete de abogados. Terminamos de desayunar y nos vamos al hospital a hacerme las curas.

Buenas noticias

Pasan cinco semanas desde aquel fatídico accidente con Roberto, mi nariz ya ha vuelto a ser la que era, llevo una semana trabajando, me he mudado a vivir con Javi, desde que me metió en su casa no he vuelto al piso, Patry y Luis me han ido trayendo mis cosas; al mismo tiempo, Luis se ha mudado con mi amiga, se los ve tan felices, tanto como a Javi y a mí. Suena el teléfono de mi oficina.

—Nena, necesito que vengas a mi despacho, aquí están Patricia, Luis, Pedro, Gema y Héctor, dice Patricia que solo faltas tú, quieren decirnos algo.

—Vale, voy ahora mismo —cuelgo y me dirijo al despacho de mi dios. ¿Qué querrá decirnos Patry? Entro al despacho sin llamar y los veo a todos sentados en la mesa que está en la esquina del despacho de Javier.

—Bueno aquí estoy, ¿Qué es eso tan importante?

—Mi amiga y Luis se miran y sonríen, se cogen de la mano y Luis comienza a hablar:

—¡Patry y yo nos vamos a casar! —todos nos ponemos de pie y nos alegramos, hacen una pareja excepcional, me acerco a Luis, lo abrazo y le doy la enhorabuena, me abrazo a mi amiga y se me escapan las lágrimas.

—Ey, tonta, no llores.

—Son lágrimas de felicidad, Patry, me alegra tanto verte tan feliz, por lo menos alguna de nosotras va a sentar cabeza —todos sonríen tiernamente, y quedamos esa misma noche para cenar.

Todos volvemos a nuestro trabajo, pero yo no lo hago sin antes abrazar a mi dios y darle un beso. Son las ocho de la tarde, ya es hora de irnos, voy a la oficina de Javi para ver si se viene conmigo a casa, hago lo que suelo hacer últimamente, abro la puerta sin tocar.

No me creo lo que veo, Ana esta sin camiseta, está en sujetador abrazando a Javi y besándolo, ellos me miran y Javi se queda parado, con la cara blanca, ella me dedica su sonrisa de zorra. Me doy la vuelta y salgo corriendo hacia el ascensor.

—Nena, ¡Gaby espera!, esto no es lo que tú crees, por favor nena para, no corras —la puerta del ascensor se abre y yo entro como un ciclón, no dejo de pulsar el botón, lo veo venir hacia a mí corriendo, menos mal que las puertas del ascensor se cierran.

¿Cómo puede estar haciéndome esto a mí? ¿No tiene bastante conmigo? ¿Ya se ha cansado de mí? Yo le he dado todo lo que he podido, le he dado mi amor, mi cuerpo y mi alma, ¿no tiene suficiente?

Cojo mi coche y me dirijo a casa, voy a coger un poco de ropa y me voy a un hotel.

El móvil no para de sonar y yo cada vez estoy más nerviosa, casi choco con un taxi, "Gaby tranquilízate o lo lamentarás", cojo el móvil y lo pongo en silencio, mis lágrimas caen y caen, parezco una fuente.

Llego a la que era mi casa y la de Javi, abro una maleta corriendo y meto toda mi ropa, solo la mía, la que él ha comprado la dejo ahí, meto también mi neceser, mis cosas de higiene y cuando veo los *tampax* me quedo sin aire, me doy cuenta que el periodo no me ha venido en dos meses.

Pero si me tomé la pastilla del día después, ¿cómo es posible que no me haya bajado la regla? Madre mía, lo que me faltaba, ya si es verdad que me da algo. Reacciono y meto todo en la maleta, la cojo y me voy de esa casa, han sido las semanas más felices de mi vida.

Meto la maleta en el coche y me voy al hotel más cercano, no es un hotel de lujo, pero bueno, mejor, así nadie me encontrará. Me registro en el hotelito de dos estrellas, y pido que me suban hielo y tres botellas de vodka negro. Cuando llego a la habitación cojo el móvil, tengo cincuenta y ocho llamadas perdidas, diez de ellas son de Patry, y ocho de Héctor, las demás son todas de Javier. No lo quiero ver, llamo a mi amiga y hablo con ella, nada más el primer toque y me lo coge.

—Gaby, cariño ¿dónde estás?

—Patry, si te digo donde estoy, prométeme que no me traicionarás, no quiero que vengas con nadie, y menos con Javier.

—Vale, vale, está bien, dime dónde estás, iré de inmediato, por favor, Gaby, no hagas nada de lo que te puedas arrepentir —le doy la dirección y en menos de media hora la tengo tocando en la puerta de la habitación, está sola.

—Javier me ha contado lo que ha pasado, he bajado a recepción corriendo y he cogido a la zorra de Ana por el pelo, me la he llevado al baño.

—¿Le has pegado, Patry?

—¡Oh, sí! claro que le he pegado, le he dado tortazos hasta que me ha dicho la verdad.

—¿Cómo has hecho eso?

—Porque esa Ana ya me tiene harta, cariño, ya no sabe lo que hacer para separarte de Javier, ha llegado a su despacho a las ocho menos cinco, se ha quitado la camisa y Javier al ver eso, ha ido hacia donde estaba, a recogido la camisa del suelo y se la ha entregado, cuando oía que abrían la puerta se ha abalanzado a Javier y lo ha besado.

—¿Qué? ¿Me estás diciendo que todo eso lo ha hecho para que yo lo viera y me alejara de él?

—Me temo que sí, cuando la he metido en el baño, he llenado el lavabo de agua y le he hundido la cabeza, después se la he metido en el váter y he tirado de la cisterna, hasta que no me lo ha soltado todo no la he dejado ir.

—Madre mía, Patry, que macarra.

—Gaby, no podía dejar todo esto así, después de que Javier me contara todo, no podía dejar que se saliera con la suya.

—Gracias, Patry, gracias por tu amistad tan incondicional, pero ahora tengo un problema más grave.

—¿Más grave que lo que ha pasado con Javier?

—Sí, mucho más grave, con Javier todo se solucionará, iré a casa y dejaré que se explique, pero… esto… cuando estaba cogiendo mis cosas de higiene del baño para escapar… he cogido los tampax y me he dado cuenta de que no me ha bajado la regla en dos meses.

—¿Queeee? ¿Es que no os habéis cuidado?

—Claro que nos hemos cuidado, solo fue una vez, cuando estuvimos en la suite del hotel en Nueva York, pero él me consiguió la pastilla del día después y he dejado de pensar en eso, hasta que he visto los *tampax* —comienzo a llorar desconsolada.

—Todavía no sabes si estás embarazada o si es un desorden hormonal, espera, ahora mismo vengo, voy a la farmacia de la esquina y te traigo unas pruebas de embarazo.

—Vale, pero tráeme cinco, y no tardes que tengo ganas de hacer pipí.

—Sí, pero ni se te ocurra beber de ninguna de esas botellas, ya hay bastante con el efecto de la píldora, no compliques más las cosas —asiento sollozando.

Patry me mira y niega con la cabeza, mientras ella se acerca a la farmacia, yo le mando un mensaje a Javier y le digo que en una hora más o menos estoy en casa. El me llama.

—Nena, eso no ha sido lo que tú crees, de verdad, tienes que creerme, yo nunca te haría eso, Ana es una puta zorra que solo quiere separarnos y lo tenía todo planeado, y la muy puta después me ha llamado diciéndome lo que le ha hecho Patricia, me he reído a carcajadas y le he dicho que se lo merecía por zorra —yo no digo nada, dejo que siga hablando —Gaby, nena, no me dejes, créeme, yo solo te quiero y te necesito a ti, contigo tengo más que suficiente, ven a casa por favor, necesito abrazarte y besarte.

—Javi, escucha, yo…

—Nena, por favor, no me dejes, haré lo que quieras, esa zorra solo quiere separarnos, pero no se lo vamos a permitir ¿verdad? Cariño, por favor, dime algo, dime dónde estás y voy a buscarte ahora mismo.

—No, Javi, no te voy a decir donde estoy, necesito tiempo.

—¿Tiempo? ¿Para qué? ¿Nena, me vas a dejar? ¿Me vas a dejar el corazón vacío tú también? —se me parte el alma oírlo decir eso.

—Javi, cariño, estoy asustada…

—¿Asustada, por qué? ¿Te ha pasado algo? Nena, por favor, dime que estás bien, dime dónde estás.

—Javi, dentro de una hora más o menos llegaré a casa y tendremos que hablar, tengo que decirte algo que tal vez no te lo tomes muy bien, y quizás ya no quieras saber nada mas de mí…por eso tengo miedo…

—¿De qué hablas, Gaby? —Suena asustado. —¿Qué has hecho Gaby? Dime que no estás con otro o que te has tirado a otro, yo sé que tú no harías eso, pero por favor, dímelo, quiero escucharlo de tu boca.

—No es nada de eso, Javi, es algo muy importante, algo que podría cambiar tu vida.

—Nena… ¿estás enferma? ¿Tienes alguna enfermedad de esas terminales? Dímelo, por favor, no me dejes así, yo no permitiré que nadie te aleje de mí, ninguna puta enfermedad te va alejar de mí ¿me oyes? Nada ni nadie cariño.

—Javi, tranquilízate, no tengo ninguna enfermedad, a menos que yo lo sepa, no es nada de eso, te veo en casa en un rato, y no olvides nunca que te amo, cariño, más que a nada en el mundo —lo oigo sollozar, ¡está llorando! Y lo oigo decir un "yo también te quiero" que apenas se entiende. Cuelgo y en ese momento llega Patry jadeando, parece que ha estado corriendo.

—Toma, venga, vete al baño y háztelo, no tardes ni un segundo más, Gaby —me acompaña al baño y me siento en el váter, abro una caja con manos temblorosas y saco el palito de su envoltorio de aluminio, lo coloco y le echo un chorrito, le pongo el capuchón y se lo entrego a Patry.

—Venga, dame otro —me lo da y hago lo mismo, así hasta terminar con los cinco.

¡Sorpresa!

Me levanto, me lavo las manos y me giro, apoyo mi culo en el lavabo, tengo que esperar cinco minutos, aunque Patry se asoma al primero y se tapa la boca, yo al verla me pongo más nerviosa y me doy la vuelta para mirar, todos menos uno tienen dos rayitas rojas, éste último tiene un reloj dando vueltas, al cabo de un minuto pone: *Embarazada +3*.

Patry se abalanza, me abraza y empieza a darme besitos, yo comienzo a llorar.

—¿Por qué lloras, Gaby? ¿Esto es lo que siempre has querido, no? Tener un hijo con un hombre que te ame y te respete.

—Patry, ¿y si él no quiere tener hijos? ¿Qué voy a hacer? Yo no pienso deshacerme de mi lentejita

—me acaricio el vientre, algo está creciendo dentro de mí, algo de Javier y mío, de nuestro amor.

—Claro que quiere, una vez lo escuché en *Vera* diciendo que a él le gustaría tener hijos, decía que por lo menos le gustaría tener tres

—¿Estás segura?

—Claro que lo estoy, ¿me estás llamando sorda?

—Ruedo los ojos y entonces sí, me sale una sonrisa, recojo todos los test y los meto en el bolso, cojo mi maleta aun sin abrir, Patry coge las tres botellas de vodka y me mira.

—¿Qué pasa? ¿Ya las tienes pagadas no? No las voy a dejar aquí, ya que tú no puedes, me las beberé a salud de mi futuro sobrinito —asiento feliz, después de saber que Javi quiere tener hijos, necesito decírselo corriendo, que me haga el amor para celebrarlo, para dejar atrás nuestras peleas y discusiones.

Me monto en el coche y voy a casa, Patry ha venido en el suyo y se va en el suyo, se para a mi lado y me hace un gesto con la mano para que la llame, yo asiento y seguimos cada una con nuestro camino.

Cuando aparco el coche, Javier sale corriendo a mi búsqueda.

—Nena, por dios, no me vuelvas a hacer esto, me estás matando —me abraza fuerte y me da un beso.

—Gaby, mi amor, tienes que creerme, te estoy diciendo la verdad, yo nunca te haría eso, Ana es una puta zorra, quiere separarnos.

—Javi, tranquilo cariño, he estado hablando con Patry y me lo ha contado todo, lo he pasado muy mal, Javi, pensaba que… que ya no me querías — Me coge de la cintura y entramos en casa, el lleva mi maleta y yo mi bolso, está abierto y veo los test de embarazo, tengo que decírselo pero él no me deja hablar.

—Gaby, ¿Cómo no te voy a querer? tú lo eres todo para mi cariño, lo quiero todo de ti, nena, sé que no es el momento, pero todas éstas horas he estado pensando y no quiero perderte Gaby, eres y siempre serás lo más importante de mi vida.

—Javi, ¿me seguirías queriendo si… si supieras que…? —Me interrumpe.

231

—Te quiero toda, cariño, me haces el hombre más feliz del mundo.

—Espera, Javi, escúchame.

—No, escúchame tu a mí... —lo interrumpo yo, meto la mano en el bolso y cojo los cinco test de embarazo y se los extiendo para que los vea.

—Ya que no me quieres escuchar, por lo menos míralo.

Coge uno por uno sin entender nada, hasta que ve el digital y me mira asombrado, con la boca abierta, no dice nada, se sienta y después no sé lo que piensa que se levanta rápido, se me acerca y me coge de las manos.

—Nena... yo... ¿Cómo ha pasado? Sé cómo ha pasado, pero quiero decir... nosotros hemos tomado precauciones.

—¿No te alegra la noticia?

—Por supuesto que sí, voy a tener un hijo de la mujer que amo, ¿Cómo no me voy a alegrar? Es solo que... no lo entiendo... explícamelo todo, por favor —me coge en brazos y me sube a la habitación, llama por teléfono a Patry para que posponga la cena para mañana, ella acepta.

Javi no para de abrazarme y darme besos por toda la cara, me baja la falda y acaricia mi vientre. Él espera una explicación.

—Cariño, cuando he venido cabreada a por mis cosas para irme de aquí, he cogido mis *tampax* y me he dado cuenta que no me había bajado la regla en dos meses.

—¡Es verdad! ¿Cómo no me he dado cuenta yo tampoco?

—Con todo lo que ha pasado y mi mudanza a la casa se me ha pasado, la pastilla del día después no ha hecho efecto, tus bichitos son muy fuertes, cariño.

—¿Es que lo dudabas?

—No, claro que no, pero no esperaba quedarme embarazada.

—¿No quieres tenerlo? Porque si es así, lo tienes y me lo das a mí, yo no pienso abandonar un hijo mío.

—Ah claro, y me abandonarías a mí ¿no?

—Nena, si tú no quieres un hijo mío, tampoco me quieres a mí —asiento, tiene toda la razón.

—Javi, no me dejas terminar ninguna frase, así no me vas a dejar explicarte nada —me pongo una almohada debajo de la cabeza y el sigue con su mano en mi vientre, no me quita el ojo de encima.

—Cariño, claro que quiero tenerlo, ese siempre ha sido mi sueño, yo siempre he soñado en encontrar un hombre como tú y tener al menos un par de hijos, solo que después de lo que he visto esta tarde me he asustado, cuando he llegado al hotel, he llamado a Patry y ha venido, le he contado todo y ella ha bajado a la farmacia a comprarme las pruebas — Yo lo beso y él me acaricia la cara con la misma mano que tenía apoyada en mi vientre, con la otra está apoyado en la cama de lado mirándome.

—Cuando me los he hecho y todos habían dado positivo, me he asustado, pensaba que no querías tener hijos y que me dejarías.

—Yo nunca haría eso.

—Patry me ha contado la conversación que tuviste con Luis en la playa de *Vera* sobre los hijos, y entonces no he podido esperar más, he venido hasta aquí y... — no me deja terminar, me besa, se pone encima de mí, y me toca el pelo, noto su erección, no sé en qué piensa que se levanta rápido y coge el móvil de su bolsillo, ¿A quién llama?

—Hola, Natalia ¿Cómo estás?...si muy bien también, necesito que me des cita para mañana mismo…sí, ya sé que es sábado, pero es una urgencia, sí, lo sé, te pagaré lo que sea necesario, sí… para mi mujer, está embarazada y necesito que la examines…se tomó la píldora del día después… eso me ha dicho ella, que parece que no ha hecho efecto —me mira y me guiña un ojo —hace dos meses más o menos… no te he llamado antes porque nos acabamos de enterar…vale, de acuerdo, hasta mañana y gracias —cuelga contento y se vuelve a acostar a mi lado, me posa otra vez la mano en el vientre y me mira.

—Cariño, mañana a las nueve tenemos que estar allí, tenía la agenda completa pero nos ha dejado un hueco, tienes que ir en ayunas —le cojo la cara con mis manos y lo beso.

—Gracias, cariño, ¿crees que se verá algo en la ecografía?

—No sé, pero si quieres la llamo y le pregunto —suelto una carcajada.

—¡Estás loco! ¿Cómo la vas a llamar para preguntarle eso? Ya mañana saldremos de dudas — asiente y se levanta, me levanta con él.

—Nena, antes te lo iba a pedir, pero me has dado esta buena noticia y se me ha olvidado por completo —abre el cajón de la mesita de noche y se arrodilla frente a mí, yo me tapo la boca y las lágrimas comienzan a caer.

—Gaby, te amo, eres la mujer más maravillosa del mundo, gracias por hacerme tan feliz —me pone una mano en el vientre y prosigue —gracias por darme el mejor regalo del mundo, me gustaría que estuvieras a mi lado el resto de mis días, ¿quieres casarte conmigo? —yo asiento con la cabeza, no puedo hablar, lo único que me salen son lágrimas.

Abre la cajita y me coloca un anillo en el dedo, es un aro de platino con un brillante redondo, y rodeándolo hay más diamantes pequeñitos, es precioso, el anillo más bonito que han visto mis ojos.

Se levanta, me abraza y me besa, es uno de esos besos que me llevan a la locura, me recuesta en la cama con cuidado y me hace el amor solo como él sabe.

A la mañana siguiente, Javi me despierta, me está dando besitos en el vientre, y hablando en voz baja, no escucho lo que dice, yo sonrío divertida por ver lo que hace.

—Buenos días, cariño, ¿Qué haces?

—Nena, lo siento, no quería despertarte, estaba hablando con nuestro bichito.

—¿Bichito?

—Sí, como no sabemos lo que es, pues he decidido llamarlo así —se encoge de hombros y sonríe.

—¿Y qué le decías?

—Eso son cosas entre él y yo, estoy seguro de que va a ser un niño.

—Ya lo veremos, todavía quedan unos meses para saberlo.

—Nena, no sé si te has dado cuenta, pero cuando estás tumbada boca arriba, se te nota una pelotita en la barriga —yo me rio a carcajadas.

—Estás chalado, todavía es muy pronto para notarse.

—Es verdad, mira dame tu mano —me coge la mano y la pone en mi vientre.

—¡Oh, es cierto! Pero… no es posible, todavía no tiene que notarse…

—Se lo diremos a la doctora, venga levanta y dúchate, yo ya lo he hecho, son las ocho, si sigues ahí, no vamos a llegar a la consulta —asiento y me voy directamente a la ducha, termino de arreglarme y Javi me espera sentado en el sillón.

La doctora nos recibe, empieza a hacerme preguntas de mi familia, yo le contesto todo lo que sé, a Javi al igual que a mí le pregunta lo mismo, después me pregunta si he tenido mareos o cosas así, y yo le digo que lo único ha sido dolor de cabeza, pero que no me había dado cuenta, me habían operado de la nariz y todo eso.

Me lleva a la sala contigua y me tumba en una camilla, me sube la blusa y baja los pantalones.

—Mira doctora, ya se le nota cuando esta así

—Sí, es cierto, eso solo significa dos cosas… —pero no las dice, estamos tan nerviosos que no paramos de mirar a ver si se ve algo, me pone la sonda en la tripa y sonríe.

—Lo sabía, mirad ahí — miramos la pantalla y no creemos lo que vemos, se ven dos bichitos moviéndose, y se ven bien, están grandecitos, no decimos nada, solo sonreímos

—Vais a tener dos bebes. Gabriela, eres la primera mujer que conozco que va a tener gemelos y no ha tenido ningún síntoma.

—¿Está todo bien, doctora? — Javi pregunta, está más nervioso que yo.

—Ahora vamos a oír sus latidos —le da a un botón y se empiezan a oír, van muy rápido, miro a Javi y veo que le cae una lagrima por cada mejilla.

La doctora termina, y llama a la enfermera para que me haga una analítica de sangre, dice que todo está muy bien y que no me preocupe, me da unas indicaciones, me dice que coma sano y que camine con calzado plano.

—No se preocupe, doctora, desde este momento está de baja por maternidad.

—Javi, cariño, estoy embaraza no enferma — nos da cita para la siguiente semana ver los resultados de los análisis.

Llamamos a nuestros padres y le damos la noticia, y también la de la boda, nos casaremos en un mes, algo muy íntimo, solo familia y amigos más íntimos. Vamos a cenar a casa de Patry y todos se quedan petrificados con la noticia de que son dos bebes, que estoy de diez semanas, y que nos casamos en un mes, Patry me propone una boda doble y yo acepto, su familia es mi familia, somos cómo hermanas y será una boda maravillosa, nos ponemos de acuerdo para iniciar los preparativos en la oficina a ratos, mientras el jefe esté de acuerdo... Javi me ha dicho que a partir del lunes pondrá mi escritorio en su oficina y trabajaré allí, yo pongo los ojos en blanco y sonrío, es muy protector y eso me encanta.

Pasan tres semanas desde entonces, mi embarazo va perfectamente, la boda ya está preparada, las invitaciones enviadas. Todo este tiempo con Javier es perfecto, soy muy feliz con él, me cuida demasiado, él dice que no quiere que sus bebes se lastimen, que los tres somos su vida y si algo nos pasase se moriría.

¿Quién me diría a mí, cuando entré a ese probador aquella mañana, que ese hombre tan espectacular seria mío?

EPÍLOGO

Es el día de nuestra boda, justo hoy hace un mes me enteré que estaba esperando dos bebes y el día en que Javi me pidió matrimonio, éste mes ha pasado volando, la tripa se me nota más aún, aunque todas las personas que hoy nos acompaña lo saben.

—Mi niña, ¡pero qué guapa estás! —mi madre lleva unos días llorando, su única hija se casa y está de lo más feliz.

He elegido un vestido de encaje sin mangas, es de corte de sirena, me queda ceñido, estoy espectacular. Me he dejado en manos de la peluquera, que a su vez ha peinado también a Patry, me ha hecho un recogido bajo de lado, la raya de lado y me ha puesto una mariposa de oro blanco que me ha regalado mi madre, llevo puesto el collar y los pendientes que me regaló Javier aquel día en Nueva York.

Mi maquillaje es muy sencillo, tal y como me gusta. Patry está en el baño, está guapísima, lleva puesto un vestido de gasa blanco, tiene también escote corazón, pero el de ella va abotonado al cuello, la tela que le cubre la garganta es de gasa, lleva adornos justo debajo de sus pechos, es ceñido ahí, dejando que la tela caiga vaporosa hasta el suelo, su vestido no tiene cola, pero igualmente va preciosa. El pelo lo lleva con pequeños tirabuzones, lo tiene corto, ha elegido un velo de red que le tapa hasta la nariz, está guapísima.

La veo salir del baño, me coge la mano e inspira.

—Ay, Gaby, estoy muy nerviosa, creo que Luis va a salir corriendo.

—No seas tonta, Patry, sabes perfectamente que Luis no es de los que huyen, él te quiere, si no, no estaría aquí, no te habría pedido que te casaras con él —asiente satisfecha, solo quería que alguien le dijera lo que le acabo de decir yo.

—Dentro de unos minutos, estaremos caminando hacia ellos, seremos mujeres casadas, Patry, nuestro sueño se ha hecho realidad.

—Sí, somos muy afortunadas —Nos fundimos en un abrazo.

Vamos entrando por el jardín del hotel donde nos vamos a casar y a celebrar la boda, lo veo, va vestido con esmoquin negro, camisa blanca y pajarita plateada, esta guapísimo, todavía no me creo que me vaya a casar con él. Luis va vestido igual, solo que la pajarita la lleva azul cielo brillante.

Han pasado cinco meses desde que me casé con el hombre más maravilloso del mundo, me mima como a nadie, le ha comprado a nuestros niños de todo, a bordado sus nombres en casi toda su ropita, Paula y Arón, sí, vamos a tener un niño y una niña, después de todo, el destino juega a nuestro favor, era lo que queríamos.

María está deseando que dé a luz, está deseando ayudarme a cuidar a mis gemelos, mañana me practican una cesárea, mañana seremos padres, tenemos los nervios a flor de piel, estamos muy ilusionados.

Patry y Luis, han comprado el piso donde vivíamos las dos juntas, y hace una semana nos dio la noticia de que va a ser mamá. Todos estamos muy contentos con la noticia, mis hijos van a tener un primo con el que jugar.

Javi ha llegado de trabajar, y lo primero que ha hecho ha sido poner la cámara de fotos a cargar, dice que quiere hacer tantas fotos como sean posibles.

Cenamos, nos damos un baño y nos acostamos, mañana será un día muy duro.

Me despierto a las tres de la noche, estoy mojada y tengo dolor de espalda, me levanto y veo sangre en la cama.

—Javi, cariño, despierta.

—¿Qué pasa, nena? —se levanta y ve la sangre, me coge en brazos y corriendo me baja por las escaleras.

—Javi, vístete por lo menos, ¿o piensas ir así al hospital?

—No me había dado cuenta.

—Tráeme un camisón limpio, unas bragas y toallitas higiénicas —me cojo la enorme tripa y gruño.

—¿Te duele mucho, nena? —asiento, no puedo hablar, creo que son contracciones.

Llegamos al hospital y llamamos a mi ginecóloga, dice que tardará diez minutos en llegar, da indicaciones a unos compañeros para que me revisen y me preparen para el quirófano.

—Todo está bien, la sangre ha sido porque el tapón se ha desprendido, te has puesto de parto, Gabriela —me sonríe y me tranquiliza, Javi al igual que yo estaba preocupado.

Después de casi una hora, ya tenemos a nuestros hijos en los brazos, son preciosos, los dos tienen mucho pelo, ojos marrones y los labios de Javier. Nos tiramos toda la noche despiertos, mirándolos, Javi le da el biberón a los dos y le cambia los pañales, después los vuelve a dejar en sus cunitas para que duerman, se queda mirándolos.

A las ocho de la mañana, Javi, ya está llamando a todo el mundo, le está diciendo que ya tenemos a nuestros pequeños con nosotros, empiezan a llegar ramos de flores y visitas.

Mi amor se me acerca y me besa

—Nena, hacemos los hijos más bonitos del mundo, son preciosos al igual que su madre —yo sonrío y le devuelvo el beso.

—Sí, son preciosos, son dos angelitos que se parecen a ti, a mi dios griego.

Fin.

www.ingramcontent.com/pod-product-compliance
Lightning Source LLC
Chambersburg PA
CBHW021227130626
46554CB00004B/1405